共和国故事

攻坚之役
——扶贫开发工作正式启动

陈秀伶 编写

吉林出版集团股份有限公司

图书在版编目（CIP）数据

攻坚之役：扶贫开发工作正式启动/陈秀伶编. —长春：吉林出版集团股份有限公司，2009.12
　　（共和国故事）
　　ISBN 978-7-5463-1824-0

Ⅰ.①攻… Ⅱ.①陈… Ⅲ.①纪实文学 – 中国 – 当代 Ⅳ.①I25

中国版本图书馆 CIP 数据核字（2009）第 233741 号

攻坚之役——扶贫开发工作正式启动
GONGJIAN ZHI YI　　FUPIN KAIFA GONGZUO ZHENGSHI QIDONG

编写	陈秀伶
责任编辑	祖航　李娇
出版发行	吉林出版集团股份有限公司
印刷	三河市嵩川印刷有限公司
版次	2010 年 1 月第 1 版　　2022 年 1 月第 8 次印刷
开本	710mm×1000mm　1/16　　印张　8　字数　69 千
书号	ISBN 978-7-5463-1824-0　　定价　29.80 元
社址	吉林省长春市福祉大路 5788 号
电话	0431 – 81629968
电子邮箱	tuzi8818@126.com

版权所有　翻印必究

如有印装质量问题，请寄本社退换

前　言

自 1949 年 10 月 1 日中华人民共和国成立至今,新中国已走过了 60 年的风雨历程。历史是一面镜子,我们可以从多视角、多侧面对其进行解读。然而有一点是可以肯定的,那就是,半个多世纪以来,在中国共产党的领导下,中国的政治、经济、军事、外交、文化、教育、科技、社会、民生等领域,都发生了深刻的变化,中国人民站起来了,中华民族已屹立于世界民族之林。

60 年是短暂的,但这 60 年带给中国的却是极不平凡的。60 年的神州大地经历了沧桑巨变。从开国大典到 60 年国庆盛典,从经济战线上的三大战役到经济总量居世界第三位,从对农业、手工业、资本主义工商业的三大改造到社会主义市场经济体制的基本确立,从宜将剩勇追穷寇到建立了强大的国防军,从废除一切不平等条约到独立自主的和平外交政策,从"双百"方针到体制改革后的文化事业欣欣向荣,从扫除文盲到实施科教兴国战略建设新型国家,从翻身解放到实现小康社会,凡此种种,中国人民在每个领域无不留下发展的足迹,写就不朽的诗篇。

60 年的时间在历史的长河中可谓沧海一粟。其间究竟发生了些什么,怎样发生的,过程怎样,结果如何,却非人人都清楚知道的。对此,亲身经历者或可鲜活如昨,但对后来者来说却可能只是一个概念,对某段历史的记忆影像或不存在,或是模糊的。基于此,为了让年轻人,特别是青少年永远铭记共和国这段不朽的历史,我们推出了这套《共和国故事》。

《共和国故事》虽为故事,但却与戏说无关,我们不过是想借助通俗、富于感染力的文字记录这段历史。在丛书的谋篇布局上,我们尽量选取各个时代具有代表性或深具普遍意义的若干事件加以叙述,使其能反映共和国发展的全景和脉络。为了使题目的设置不至于因大而空,我们着眼于每一重大历史事件的缘起、过程、结局、时间、地点、人物等,抓住点滴和些许小事,力求通透。

历史是复杂的,事态的发展因素也是多方面的。由于叙述者的视角、文化构成不同,对事件的认知或有不足,但这不会影响我们对整个历史事件的判断和思考,至于它能否清晰地表达出我们编辑这套书的本意,那只能交给读者去评判了。

这套丛书可谓是一部书写红色记忆的读物,它对于了解共和国的历史、中国共产党的英明领导和中国人民的伟大实践都是不可或缺的。同时,这套丛书又是一套普及性读物,既针对重点阅读人群,也适宜在全民中推广。相信它必将在我国开展的全民阅读活动中发挥大的作用,成为装备中小学图书馆、农家书屋、社区书屋、机关及企事业单位职工图书室、连队图书室等的重点选择对象。

编　者
2010年1月

目录

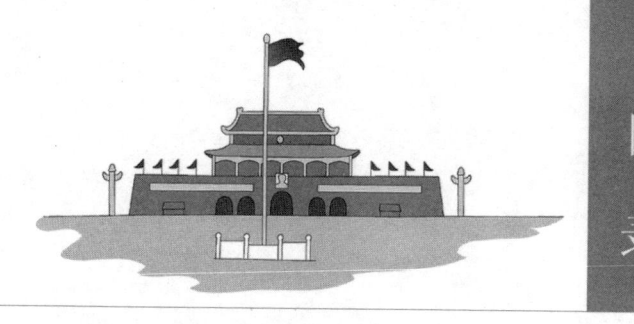

一、决策实施

中央制定扶贫攻坚计划/002
启动推进整村扶贫规划/005
联合调研组赴云南调研/009
打响扶贫攻坚战/012
实行行政首长负责制/016
中央各部门加大扶贫力度/020
坚持开发式扶贫方针/023
扶贫办实施"雨露计划"/028
启动民办院校教育扶贫/031
积极开辟就业扶贫之路/034
严格实施以工代赈计划/036

二、扶贫行动

成立企业社会责任同盟/040
开展绿色电脑扶贫行动/043
大学生志愿行动促扶贫/046
"新闻扶贫行动"蓬勃展开/049
老军人扎根山区搞扶贫/053
蕉城启动"海西春雨行动"/056

目录

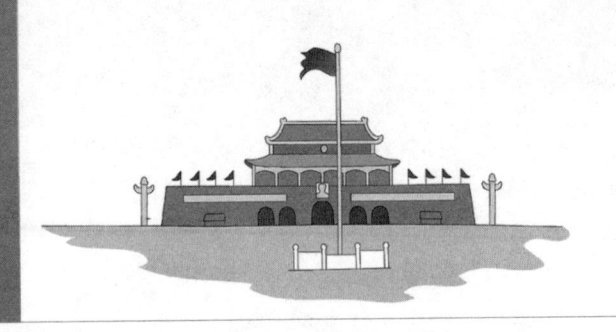

各地开展巾帼扶贫工程/059

贵州省委发起"春晖行动"/061

徽县争取国际援助项目/066

西安交大高度重视扶贫工作/069

西安交大牵头两联一包/073

勇于创新引领农民致富/079

退伍军人帮助老区致富/081

三、脱贫致富

开发区创造扶贫奇迹/084

苦聪人过上幸福生活/088

扶贫开发带来脱贫福音/092

综合开发模式促脱贫/095

扶贫首先要更新观念/097

扶贫事业加快老区致富/100

促进农民脱贫三级跳/103

搬迁农民开始脱贫致富/105

扶贫鸭成为致富金凤凰/110

波尔山羊承载科技扶贫任务/113

陈云莲带领农民致富/115

一、决策实施

- 国务院扶贫办主任刘坚说："开发扶贫，就是动员、组织贫困群众改善基本生产生活条件，提高自我积累和自我发展能力。"

- 国务院扶贫办副主任高鸿宾在讲话中指出："扶贫开发是长期复杂艰巨的任务，将贯穿社会主义初级阶段这个历史过程。"

- 陈至立表示："希望更多的民办院校积极参与教育扶贫工程，为提高全民族文化素质、建设社会主义和谐社会作出积极贡献！"

中央制定扶贫攻坚计划

自20世纪80年代中期以来，我国针对一部分地区发展迟缓、一部分农民收入增长缓慢的情况，在全国范围内开展了有计划、有组织、大规模的扶贫开发工作，成立了专门的扶贫开发机构，大幅度增加了扶贫投入，实施了一系列旨在促进贫困地区经济社会发展的优惠政策，而且对传统的扶贫方式进行了根本性的调整和改革，实行了由单纯救济式扶贫向开发式扶贫的转变。

在20世纪80年代中期，我国绝大多数贫困人口集中连片，分布在18片地区。它们是：秦岭大巴山地区、武陵山地区、乌蒙山地区、努鲁尔虎山地区、大别山地区、滇东南地区、横断山脉地区、太行山地区、吕梁山地区、桂西北地区、九万大山地区、定西干旱地区、西海固地区、西藏地区、陕北革命根据地、闽西南老革命根据地、闽东北老革命根据地、井冈山和赣南老革命根据地、沂蒙山老革命根据地。

进入20世纪90年代后，18片的总体格局虽然尚未打破，但地域分布上大分散、小集中的趋势已经十分明显。

以较大行政区域日益减少，以县为单位的贫困区逐步转变为乡、村级小区域的贫困区，并在行政区域交界地带及生态环境受到破坏的小流域的贫困区，行政区域交界地区带，以及生态环境污染受到破坏的小流域相对集中。

这种地域上大分散、小集中的趋势，表明国家扶贫开发工作已经取得了明显的成效，大面积贫困区域有所缩小。同时也说明，剩下的贫困地区脱贫难度加大。

国家"八七"扶贫攻坚计划，是20世纪最后几年内我国扶贫开发工作的总纲领。

在1994年初，国务院制定并颁发了国家"八七"扶贫攻坚计划，确定了在20世纪最后7年内，基本解决当时农村8000万贫困人口温饱问题的目标，并提出了一系列相应的政策措施。

这一计划的实施，意味着我国以解决温饱问题为目标的扶贫开发工作已进入了最后的攻坚阶段，对加快贫困地区经济和发展，逐步缩小我国东西部地区差距，加强民族团结，保持社会稳定，实现共同富裕，为改革、开放、发展创造更为有利的条件，都具有极其重大的意义。

国家"八七"扶贫攻坚计划的奋斗目标和主要任务，包括3个方面：

> 一是到本世纪末，基本解决目前全国农村8000万贫困人口的温饱问题，使绝大多数贫困户年人均纯收入按1990年不变价格计算达到

500元以上，并形成稳定解决温饱、减少返贫的基础条件。

二是加强贫困地区基础设施建设，基本解决人畜饮水困难，使绝大多数贫困乡和主要农贸市场、商品集散地通路、通电。

三是改变教育、文化、卫生的落后状态，普及初等教育，基本扫除青壮年文盲，开展成人职业技术教育；改善医疗卫生条件，防治和减少地方病；把人口自然增长率控制在国家规定的范畴内。

为了如期实现国家"八七"扶贫攻坚计划的奋斗目标，国家在扶贫开发的基本途径和主要形式、奖金的管理和使用、政策保障等方面，制定了一系列有利于贫困地区加快脱贫步伐、促进经济和社会发展的措施。

启动推进整村扶贫规划

按照中央农村扶贫规划，在 2005 年我国全部 592 个国定贫困县免征农业税。

围绕整村推进、劳动力转移和产业扶贫三大重点的扶贫开发，在全国各地全面启动。

位于山东黄河故道的马西贫困地区，2005 年魏庄一个乡的扶贫投入就增加到了 800 万，最主要的就是要扩大 1500 亩蔬菜大棚。

这个乡修了 20 多公里的水渠，保证有水浇地，修了 40 多公里的路，保证蔬菜种出来，还能运出去。

不仅是山东马西这样的东部地区，在 2005 年，江西、云南、陕西等 22 个中西部地区，超过 9 万个贫困村完成整村扶贫规划的编制，并陆续进入实施阶段。

在整村推进扶贫试点工作启动前，四川省仪陇县柴井乡黄氏祠村是典型的"人畜缺水喝、农民收入少、灾情年年多"的贫困村。

自从 2005 年 7 月试点以来，该村实行农村社区整体建设，从解决村民饮水问题上入手，修建村组公路、沼气池，发展养獭、兔、猪，发展水果种植等产业。

仪陇县实施的整村推进扶贫开发，改变了过去分散使用扶贫资金的做法，让农民掌握了实用技术。

国务院扶贫办主任刘坚说：

　　开发扶贫，就是动员、组织贫困群众改善基本生产生活条件，提高自我积累和自我发展能力。

在 2005 年 8 月，国务院扶贫办、中央精神文明办、教育部、科技部、交通部、水利部、农业部、卫生部、国家广播电影电视总局、国家林业局等 10 部委，联合下发《关于共同做好整村推进扶贫开发构建和谐文明新村工作的意见》（以下简称《意见》）。

　　《意见》指出：

　　"整村推进"是构建社会主义和谐社会的有效途径。有关部门要从战略和全局出发，将"整村推进扶贫开发构建和谐文明新村"工作，纳入本部门和本行业发展的"十一五"规划，明确建设目标、任务、步骤和责任。

具体要求有 9 个方面：

　　1. 精神文明建设部门要努力将"西部开发助学工程"和"百县千乡宣传文化工程"惠及更多的农村贫困人口。在贫困地区积极倡导生态文明村建设。

2. 教育部门要加大"两基"攻坚力度,建设一批寄宿制学校,满足重点县和贫困村"普九"需要。在592个国家扶贫开发工作重点县,全面实施"两免一补"。大力开展培训工作,积极扩大贫困村学生接受职业教育的规模。

3. 科技部门要进一步加大科技扶贫力度,促进先进适用技术进村入户,"十一五"期间,在重点县和贫困村深入实施"星火富民科技工程",在贫困村培养一批依靠科技脱贫致富的带头人。

4. 交通部门在"十一五"期间要重点支持中西部地区的乡村道路建设,优先将"整村推进"的贫困村列入建设范围。

5. 水利部门要支持贫困地区的农村饮水安全工程、水土保持工程和农田水利工程建设,优先把项目安排到贫困村。

6. 农业部门要将符合条件的国家扶贫开发工作重点县和贫困村纳入农村沼气建设项目规划和退牧还草项目规划,加强在贫困地区的农业实用技术推广工作和劳动力转移培训工作。

7. 卫生部门要做好国家扶贫开发工作重点县的疾病控制体系、医疗救治体系和农村卫生服务体系建设工作;积极创造条件,把贫困村卫生室建设纳入规划；逐步把国家扶贫开发工作重点县纳入新型农村合作医疗试点范围；优先帮助贫困村培训乡村医生。

8.广播影视部门继续实施广播电视村村通工程和电影"2131工程"，不断提高广播电视村村通水平和电影"2131工程"水平，探索建立以县为中心、乡镇为基础、覆盖农户的农村广播影视服务体系，实现村村通、户户通、长期通。

9.林业部门要通过工程的实施，逐步改善工程区范围内贫困地区，特别是贫困村的农业生产条件和农村环境，为提高农业综合生产能力提供必要保障。

从10部委联合发出的意见可以清楚地看出：首先整村推进扶贫是一项综合性扶贫工程，是以村级经济、社会、文化的全面发展为目标，地方政府部门搞"整村推进"，要把重点放在农村基础设施建设和农村公益事业方面。

其次，扶贫开发项目一直存在小而全的现象，扶贫资金因条块分割，各自为政，不能形成合力。

从这次10部委的工作部署来看，强调的就是合力。因此，各地也加快了组织其各自的扶贫团队和扶贫集团，把贫困村真正建设成文明和谐的新农村。

联合调研组赴云南调研

2005年11月12日至17日,为进一步推动特困少数民族地区扶贫开发工作,加大对特困少数民族的扶持力度,尽快帮助特困少数民族的群众解决温饱、摆脱贫困,国家民委、国务院扶贫办、教育部,会同云南省政府,组成联合调研组,赴云南省思茅市镇沅彝族哈尼族拉祜族自治县,对拉祜族的贫困情况进行了实地的调研。

调研组成员由国家民委经济发展司司长葛忠兴、教育科技司副司长赫英杰、国务院扶贫办国际合作与社会扶贫司副司长江烈、教育部民族教育司赵卫等同志组成。

调研组深入镇沅县4个乡、10个村委会、16个村民小组、48家农户、5所乡村中小学校,采取实地考察、与县乡村干部座谈、与村民谈话等方式,了解到拉祜族苦聪人的吃饭难、上学难、行路难、住房难、饮水难、看病难等生产、生活上存在的特殊困难和问题。

早在1987年,经云南省人民政府批准,苦聪人归属为拉祜族称谓,主要分布在云南省思茅市镇沅县和红河州金平县等地。

镇沅县有苦聪人1.5万多人,约占全省苦聪人总数的一半,占全县总人口的7.4%。

镇沅县苦聪人主要聚居在者东、九甲、和平、三章田4个乡,有28个村委会、344个村民小组。

拉祜族苦聪人居住在哀牢山自然保护区的边缘,这里山高林密、沟壑纵横、气候冷凉,生存条件极为艰难。

新中国成立后,苦聪人从原始社会直接过渡到社会主义社会,在生产生活中仍然保留和沿袭了一些传统的生产方式和生活习俗,社会发育水平低,贫困人口多,贫困程度深,一直是当地发展的重点和难点地区。

多年来,镇沅县委、县政府对拉祜族苦聪人加大扶持力度,帮助苦聪人逐步改善生产生活条件,使其贫困状况有所缓解。

但是,由于历史、自然等原因,苦聪人聚居地区基础设施仍然十分落后,产业结构单一,经济发展缓慢,绝大多数苦聪群众仍未解决温饱问题。

调研组通过实地调查发现,许多苦聪人居住的房屋极为简陋,在山寨中,一些群众还居住在茅草房、闪片房、竹瓦房、竹笆房、权权房中,墙体有的是用土夯实而成,有的用木棍、竹片编起来,糊上泥巴,有的用竹笆来遮风避雨。

粮食作物以水稻、玉米、小麦、洋芋、苦荞为主。由于没有高稳产田地,苦聪人基本上靠天吃饭。

有些少年儿童读不起书,上不了学,甚至有的孩子不想读书,从而使得苦聪人的受教育程度很低。

有部分村寨仍然不通路、不通电,饮水卫生不达标。由于交通不便和家庭贫困,有的群众生病,只是自己找点草药，不能到医院检查治疗。

经过细致深入的调研之后，国家民委、国务院扶贫办、教育部等有关部门，研究了促进拉祜族苦聪人脱贫和发展的政策及具体措施，帮助苦聪人尽快解决温饱，脱贫致富。

国家民委、云南省民委，在对镇沅县苦聪人生产生活基本情况入村到户调研后，由国家民委安排100万元，省民委配套安排50万元，将镇沅县者东镇帮海村小户南自然村和和平乡丫口行政村大红毛树自然村，纳入了创建"苦聪人民族团结示范村"的建设之中。

打响扶贫攻坚战

针对全县苦聪人经济社会发展的实际情况,云南省镇沅县委、县政府,提出了总目标:

前两年集中力量,重点解决温饱,后 3 年巩固温饱,提高收入。

镇沅县委、县政府,把苦聪人的脱贫发展工作与紧紧围绕社会主义新农村建设的要求结合起来推进,计划用 5 年的时间,帮助该县聚居的 3 个乡镇、28 个村委会的苦聪人摆脱贫困。

镇沅县委、县政府的主要做法是:

一是县领导主抓村委会,各部门负责自然村,抽调工作队员驻扎项目点。

成立由县委书记、县长亲自挂帅的专门领导机构;县处级任实职的领导,每人定点挂钩一个村民委员会或易地安置点;每个部门及其主要领导,定点挂钩一个自然村;抽调熟悉农村工作、年富力强的工作队员,驻扎到各项目点协助乡、镇人民政府开展工作。

做到项目实施任务全部细化、量化到相关单位和个人并签订扶贫责任书。把单位、个人定点挂钩工作开展的好坏，纳入考核单位领导政绩、公务员年度考评的主要依据。

二是集中力量打好歼灭战。

对苦聪人村寨实行整合力量、连片开发、集中攻坚。

整合各类对口帮扶资金、项目，集中人力、物力，以村民小组为单位，实施好一个村民小组的项目再集中力量，对另一个村民小组进行帮扶。

同时在基础设施、基本产业、人口素质方面，增加投入，力争解决制约贫困的瓶颈。

三是职能部门切实履职，项目接受社会监督。

专项扶贫资金由县、乡财政部门开设专户专账管理，封闭运行，实行报账制、大宗物资集中采购制、项目资金使用情况公示公告制，接受监察、审计和群众监督，严防腐败现象的发生。

四是全县一盘棋，弹好协奏曲。

采取的方法是：

1. 协调好劳动力紧张矛盾，一方面教育项目受益群众既不误春耕生产，又积极投工投劳搞好项目建设，做到两不误；另一方面从非项目实施地区，组织施工队和劳动力参与项目建设。

2. 协调好大宗物资，如水泥、砖、瓦、木材等政府统一采购调运，节约了成本，保证了施工需要。

3. 协调将县财政局、农业局等单位的1000多亩林果基地收回，无偿划拨给恩乐镇复兴村大平掌易地安置点的苦聪移民，使得乔迁新居的苦聪移民，一出来就有了现成的产业和稳定的增收渠道。

4. 协调53个挂钩部门筹集资金55万元投入苦聪人脱贫项目建设。

5. 解决好当前苦聪人的实际困难，筹集猪肉、大米、衣裤、被子等生活物资送到苦聪山寨解决贫困群众过冬、过年等问题。

五是劲儿往一处使，合力助脱贫。采取的方法是：

1. 形成部门联动态势。如镇沅县农村信用社，适时推出小额农贷政府贴息担保苦聪搬迁户联保贷款业务，政府贴息资金每户支持2万元，联保贷款以每3至5户苦聪人，户均2万至3万元的金额发放，受到广大苦聪群众的欢迎。

思茅市科技局及时启动苦聪人科技培训工程，计划用4年时间，培训苦聪人4000人，使广大青壮年苦聪人至少掌握一至两门先进实用技术，成为有文化、懂技术、会经营的一代新人。

2. 积极培育龙头企业。全县确定了一批重点培育的龙头公司，涉及茶叶、桑蚕、核桃、烤烟等产业，同时加大政策、资金的扶持，帮助企业发展与苦聪人扶贫开发密切关联的产业，使之更好地带动苦聪人脱贫致富。

3. 调动社会各界力量，共同投入到帮扶苦聪人的行动中。如上海市及普陀区共投入苦聪人帮扶资金1207万元，实施整村推进7个项目，易地安置项目一个。

经过一年多的不懈努力，镇沅县苦聪山寨的扶贫发展工作取得了阶段性的显著成果，也使苦聪山寨呈现出了新的景象。

实行行政首长负责制

根据国家"八七"扶贫攻坚计划的要求,各省、区分别制定了1994年至2000年扶贫攻坚计划。

在1994年,全国各省、区根据国家"八七"扶贫攻坚计划的总体要求,在对本省、区贫困人口数量、分布情况进行了重新调查摸底的基础上,结合本地区实际情况,制定了本省、区1994年至2000年扶贫攻坚的具体实施计划,明确了本地区扶贫工作的奋斗目标和主要任务,把国家"八七"扶贫攻坚计划切实落到了实处。

各有关省、区,特别是贫困面较大的省、区,实行了行政首长负责制,把扶贫工作的成效作为考核领导干部政绩的重要标准。

这就为实现各地区的扶贫攻坚目标,从而最终实现国家"八七"扶贫攻坚计划提出的奋斗目标,提供了组织上的保障。

为进一步强化这一制度,在1996年,中央出台了《关于尽快解决农村贫困人口温饱问题的决定》,进一步要求中央的各项扶贫资金要在年初一次下达到各省、区、市,实行扶贫资金、权力、任务、责任"四个到省、区、市"。

所有到省的扶贫资金,一律由省政府统一安排使用,由省扶贫开发领导小组具体负责，组织各有关部门规划和实施项目。

在此基础上，进一步强调解决群众的温饱问题是贫困地区一切工作的中心。

贫困地区的各级地方政府，特别是贫困县的政府，要以高度的责任感和使命感，亲自抓扶贫开发，抓解决温饱问题，并要求各地层层分解目标，层层落实责任，限期完成任务。

在湖南境内的雪峰山北麓，一衣带水的资江，有一个群山环抱、满目青山、碧水蓝天的安化山城。

这里的青山绿水，优美的生态环境，人与自然的和谐发展，让每个人都心旷神怡。

有人惊叹这里是一座绿色银行，有人赞叹这里是一处天然氧吧，更有人说，这里是一个回归大自然的理想场所。

这令人心旷神怡的感觉，是安化县委、县政府审时度势、科学地提出"生态立县，再造安化秀美山"的宏伟规划的具体体现。

在2005年4月，安化被评为"全国绿化模范县"。

此后，县委、县政府为了改善生态环境，一直致力于全县的国土绿化工作。

通过落实"行政首长负责制""工作目标管理责任制""造林绿化工程项目管理终身制""技术服务承包制""领导干部办点示范制""严格规范奖罚制度"等七

大措施，安化大力推进国土绿化进程。

县委书记彭建忠更是起到了表率的作用。在全县六大产业的分工中，彭建忠亲自分管竹木产业。

在实际工作中，彭建忠特别注重退耕还林和楠竹低改工作，对未完成退耕还林和楠竹低改工作的单位和责任人进行个别谈话，并给予相应处理。

彭建忠还率领乡、镇一把手及县直有关局的领导，到浙江安吉考察学习，目的就是要把全县的楠竹作为一大产业做大、做强。

彭建忠在他所在的扶贫点羊角塘镇高毛村，首先扶的就是楠竹生产。

同时，彭建忠还在滔溪乡斗山村办起了120亩楠竹造林绿化示范点。

通过彭建忠的以点带面，提高了各级党委、政府对造林绿化工作的重视，同时也解决了造林绿化工作中的问题和困难，推动了安化造林绿化事业向持续、快速、健康的方向发展。

县委、县政府把以工代赈资金、扶贫开发资金、库区开发资金等农林部分资金捆绑使用，主要用于山地绿化开发；并要求银行信贷部门每年解决一部分贷款支持造林绿化；鼓励个体、企事业单位参与绿化开发。

安化共建成租赁、承包、联营等形式的开发林场52个，面积达10万亩以上。

同时，还按照"统筹规划，各负其责，各负其费，各受其益，限期完成"的原则，组织各单位、各部门广泛开展植树造林活动，已完成"民兵林""三八林""青年林"近万亩。

在2005年春，安化有近30万人参加了全民义务植树，共植树、栽竹260万株，超额完成任务的120.4%。

基层还涌现出了一大批热心造林绿化、积极投资造林的造林绿化先进典型。

田庄乡廖家村胡吉主、夏秀桃夫妇，自1963年以来，以愚公移山的精神，带领群众植树造林，到2003年共造林1.3万余亩，全村人均造林120多亩。

在1991年，国家人事部、国家绿化委员会、林业部联合授予胡吉主"全国造林绿化劳动模范"称号。在2002年，夏秀桃又被评为"全国十大绿化女状元"。

小淹镇扬石村丁朱生，从1987年至2000年，租赁承包荒山，投资5万多元，造林1051亩。

同时，丁朱生还为群众提供技术服务和种苗，发动周围村民造林1400多亩。在2000年，丁朱生荣获"全国绿化奖章"。

正是由于全民动员，行政领导做表率，安化的植树造林和国土绿化工作才得到了蓬勃发展。

一些经济型林木的种植，也让当地的人民走上了脱贫致富的道路。

中央各部门加大扶贫力度

在扶贫开发中,中央国家机关根据中央政府的统一要求,有关部门从尽快解决群众温饱问题的大局以及贫困地区的实行情况出发,制定了一系列支援贫困地区扶贫开发的具体政策。

早在1987年,为依靠科教进步振兴大别山经济,国家科委出台了《关于鼓励科技人员参加大别山重点贫困县经济开发的试行办法》,制定了包括技术职称评定、工资福利、子女就业在内的优惠政策,支持鼓励科技人员到大别山区开展科技服务。

在1994年,根据"八七"计划要求,计划、贸易、农林水、科教、工交、劳动、民政、民委、文化卫生、计划生育等政府部门,分别制定了本部门、本系统的具体实施方案。充分发挥各自的优势,在资金、物资、技术上向贫困地区倾斜,积极为贫困地区的开发建设作出贡献。

此后,中国农业银行明确规定:

> 对贫困农户的小额贷款适当放宽抵押、担保条件,实行信用放贷。

铁道部提出：

　　对贫困地区的煤炭、粮食、农用物资和农副产品的运输实行倾斜政策，对捐赠给灾区和贫困地区的救灾物资，积极搞好运输工作。

其他部门也先后制定了一系列有利于贫困地区发展和贫困群众解决温饱的优惠政策。

这些政策既是中国扶贫开发政策的有机组成部分，也是中国扶贫开发的重要特点。

中国扶贫开发的优惠政策，包括帮助贫困户解决温饱和支持贫困地区经济开发两个层次。

帮助贫困农户发展的优惠政策有：

　　对所有尚未解决温饱问题的贫困户，免除粮食定购任务；根据扶贫开发的特点和需要，适当延长扶贫贷款的使用期限，放宽抵押和担保条件；对所有的尚未解决温饱的贫困户，按照农业税条例的有关规定，减免农业税和农业特产税。

支持贫困地区开发的优惠政策有：

　　逐步加大对贫困地区的转移支付的力度，

各有关省、自治区要尽快建立和完善二级转移支付制度，为贫困地区提供更大的财务和支持。

对贫困县新办企业和发达地区到贫困地区兴办的企业，在3年内免征所得税；根据谁受益、谁负担的原则，适当提高库区建设基金和库区维护基金标准，专项用于解决水库移民的温饱问题。

中央有关部门利用自身的优势，推出了一系列有针对性的措施，对国家的扶贫开发战略起到了一定的推动作用。

坚持开发式扶贫方针

2006年8月23至28日，国务院扶贫办在河南省郑州市举办第一期全国扶贫开发与构建和谐文明新村专题研究班。

部分中西部地区国家扶贫工作重点县党政领导、扶贫办主任，以及各省、区、市扶贫办负责同志参加了研究班。

国务院扶贫办副主任高鸿宾，出席了开班仪式并发表讲话。

这次研究班采取专家授课、现场考察、案例交流与研究讨论的方式进行，交流了各地在推进"一体两翼"和贫困地区建设社会主义新农村工作中的成功经验和做法，分析了目前工作中存在的困难与问题，研究加强扶贫工作的政策措施。

高鸿宾在讲话中指出：

扶贫开发是长期复杂艰巨的任务，将贯穿社会主义初级阶段这个历史过程。

进入21世纪以来，我国的贫困问题越来越复杂和多元化，农村的贫困问题依然十分严峻。相对于过去，目前现有的贫困人口扶持难度更大。

因此，各地要充分认识扶贫开发的长期性和艰巨性。

高鸿宾强调指出：

要继续坚持开发式扶贫方针。在性质、对象、手段和目标方面，扶贫开发与农村低保制度有所不同，扶贫工作是对贫困地区和贫困人口能力的建设，培养贫困人口自立自强的精神；对象是收入低，但有劳动能力的人群；手段是创造条件，提供机会。

目的是让贫困人口和全体人民一道，参与发展的过程，共享发展的成果，是让贫困群众在政府的支持下靠自己的努力摆脱贫困、走向富裕，并获得尊严和自信。

今后扶贫工作要继续坚持开发式扶贫方针不动摇。

高鸿宾强调：

各地要把扶贫开发与建设社会主义新农村结合起来，全面促进贫困地区的发展。

高鸿宾说：

从全局看，扶贫开发是建设社会主义新农村的一项重要任务，但在贫困地区，坚持扶贫开发就是建设社会主义新农村。

如果我们能坚持以村为基础的扶贫规划的实施，扎扎实实地做好整村推进工作，就是实实在在地在贫困地区建设社会主义新农村。

高鸿宾最后说：

各地在整村推进的过程中，要在目前规划的基础上进行完善和调整；要领导重视，动员群众，组织群众；要进一步整合资源；要强调服务组织的作用；要重视和研究完成规划实施的村的后续管理问题。

根据国务院扶贫办的指示精神，全国各地把握住扶贫工作的方向，将已取得的扶贫成果继续向前推进。

四川省达州市开江县，坚持"开发式""参与式"的扶贫方针，以扶贫项目为依托，集中全县人力、物力、财力，动员社会各界力量，全县投入扶贫资金4700多万元，其中财政扶贫资金3600多万元，扶贫贴息贷款1097万元，开展大规模的扶贫开发，取得了显著成绩，贫困地区的面貌发生了很大变化。

到 2007 年底，绝对贫困人口由 2000 年的 8.52 万人减少到 3.59 万人，低收入贫困人口，由 2000 年的 4.14 万人减少到 2.44 万人。

贫困地区生产生活条件有了明显改善。自 2002 年以来，已在 52 个贫困村实施了新村扶贫工程，新修整治、硬化村道 325 公里，解决了 15.5 万人的行路难问题；新修整治山坪塘 175 口，新增蓄水量 35 万立方米，新增灌溉面积 8500 亩，新修人饮蓄水池 55 口，供水站 21 个，解决了 3.86 万人和 3.52 万头牲畜饮水困难问题。

农户"五改三建"352 户，改善了贫困农户的居住条件，52 个贫困村都已通电、通邮、通路、通电话、通闭路，贫困村农户的生产生活条件明显改善。

从 2002 年以来，全县搬迁、安置移民 325 户 1428 人，全部从海拔 800 米以上的高山地区以及宝石水库淹没区搬迁到交通方便、地理条件较好的地方，达到了"稳得住、能致富"的目的。

此外，经济发展速度明显加快。全县实施了油橄榄、银杏、蚕桑、优质生猪等产业扶贫项目，在贫困村建立产业基地 16 个，植油橄榄 5000 亩，银杏 1250 亩，蚕桑 1300 亩，发放优质二杂母猪 764 头，商品仔猪 677 头。用产业扶贫项目覆盖贫困农户，为贫困地区建立了支柱产业，使 3.5 万名贫困群众有了一个稳定增收的骨干项目。

与此同时，劳动力的科技文化素质得到提高，外出务工技能得到培训。

自 2002 年以来，全县在贫困村共举办农村各种实用技术培训 156 期，共培训 5.34 万人次。

从 2004 年以来，在开江县职业中学、农广校、达州市神鹰职业技术学校开设电子技术、计算机应用、厨师、机械制造、电工、保安、缝纫等十多个专业的非农技术培训，举办农民工非农技术培训 10 期。

经过培训符合条件的农民工，有 2000 多名农民工掌握了一门以上的非农技术，实现了稳定就业、家庭收入增加、生活条件得以改善的目的。

扶贫办实施"雨露计划"

国务院扶贫办实施了贫困农户劳动力转移培训的"雨露计划",将财政扶贫资金的 10% 用于培训,力争经过 5 年时间,使每个贫困户都有一个劳动力经过培训实现转移和就业。

同时,在全国认定了近 800 家扶贫培训基地,建成国家、省、市、县四级贫困地区劳动力培训网络,培训了几百万贫困农户劳动力。

在 2006 年 10 月,国务院扶贫办启动"雨露计划",即劳动力转移培训计划,目的是帮助贫困地区青壮年农民解决就业、创业中遇到的实际困难,提高贫困农民工的素质,增强就业和创业能力,促进贫困农民工就业和创业。

石狮服装设计学院,是国务院扶贫办实施"雨露计划"的示范基地。

经过 20 世纪 80 年代后的发展,拥有 4000 多家纺织服装企业的石狮,已经成为全国乃至世界重要的服装生产基地。劳动密集型产业的特性及产业链的不断完善亟须劳动力,特别是熟练技术工人紧缺。

依托石狮市及以其为核心的闽南纺织服装产业集群,石狮市成为贫困地区劳动力大规模转移的中转站。

石狮服装设计学院由于具备了这样的地理和产业优势，在培训过程中就可以直接针对企业的需求进行工种培训。企业又可以提供培训设备和原材料，节省培训成本，缩短培训周期，避免二次培训。

在2006年，国内经济欠发达地区农民工到石狮服装设计学院进行短期培训的高达8000人，并都顺利在石狮及周边地区就业，就业率达到100%。

"雨露计划"的核心，就是要帮助贫困地区转移劳动力，提高贫困人口的收入水平。

福建省作为扶贫西藏的对口支援地区，国务院扶贫办领导还特别指示，要求石狮方面妥善安置好藏胞学员的学习、生活和工作。

在2006年12月8日，来自豫、冀、藏等地的"雨露计划"首批学员到达石狮后，应企业要求，直接到厦门夏新电子、石狮富贵鸟公司等企业务工。

2006年12月21日，国务院扶贫办石狮示范基地接受的第二批国家"雨露计划"农民工学员，开始正式上学。

石狮服装设计学院投入了巨大的物资、师资落实农民工转移培训工作，也因此被国务院扶贫开发领导小组办公室授予庆七一"雨露"杯成绩突出单位。

2009年7月27日至28日，国务院扶贫办培训中心主任欧青平，在自治区扶贫办副主任莫雁诗和培训中心主任黄东河陪同下，率国务院扶贫办调研组，到百色市

"雨露计划"示范基地进行调研。

在调研期间，调研组到田东县职业学校、扶贫龙头企业田东县金荣纸业有限公司，实地了解了群众参加培训和就业情况，并听取了该校廖承军院长汇报"雨露计划"项目实施情况。

欧青平对百色市劳动力转移培训示范基地建设工作给予了充分肯定，并希望百色进一步加强培训基地开设扶贫大中专学生教育建设，为百色革命老区培养更多合格实用型人才。

百色职业学院，是国务院扶贫办认定的广西唯一一所开展"雨露计划"劳动力培训转移就业的示范基地。

自2005年到2009年6月底，该院圆满完成了国务院和自治区扶贫办下达的培训任务，其中培训在校学生1400人，农村复退军人400人，短期农民工5000多人。

经过培训转移就业5000多人，占短期农民工培训人数的95.1%。

"雨露计划"的实施，为农民工劳动力的转移创造了条件，受到了接受培训人员的普遍欢迎。

启动民办院校教育扶贫

2006 年 9 月 28 日 9 时 30 分，中国民办院校教育扶贫工程启动仪式在全国政协礼堂举行。

中国扶贫开发协会会长胡富国说：

经过几个月的努力，今天中国民办院校教育扶贫工程启动仪式正式开始了。我代表中国扶贫开发协会，向各位发自内心地表示感谢。

中国民办院校教育扶贫工程，首先得到了中央和全国政协的支持。

....

党中央、国务院非常重视，胡锦涛总书记多次问询准备会议准备情况，总书记做了批示，吴邦国做了批示，温家宝做了批示。

....

在党中央、国务院的关心支持下，在大家的努力下，扶贫开发协会的工作基本上走上了正轨。

我们感觉到，能取得这些成绩，离开党中央、国务院是根本不行的，离开各部门的支持也是不行的。

胡富国指出：

教育是根本的扶贫，一万户牵扯多少人？还有给他身边的穷孩子看到光明。

民办学校拿出你的爱心，发出你的善心，伸出你的友谊之手，让穷人的孩子能够上学。

民办学校大部分都是有钱的学生，有钱的孩子能够上学，无钱的孩子好不容易考上学校上不起。

再穷不能穷教育，再苦不能苦孩子，苦一个孩子不止苦一个，是苦一家，穷一家，影响整个社会。

胡富国最后强调说：

现在我们国家还有2400万贫困人口温饱问题还没有解决。

…………

所以我们要共同努力，一定要把这件事情办好，各级民办教育协会大家团结起来，在党和政府的领导下，按照中央总的教育方针，把孩子培养得好好的，把他培养成人才，使我们国家强大，为构建和谐社会作出贡献。

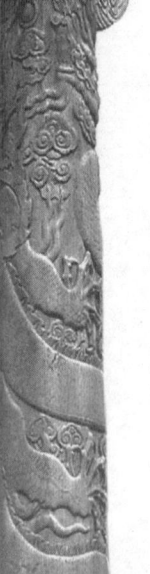

在此前的 9 月 27 日，陈至立为中国民办院校教育扶贫工程启动致贺信。

贺信的内容如下：

  值此中国民办院校教育扶贫工程暨签约仪式隆重举行之际，谨表示热烈祝贺！

  教育扶贫是扶贫事业的重要组成部分。一批民办院校和职业教育机构同中国扶贫开发协会一道，为一些家庭贫困学生提供帮助，为扶贫事业增添了新的力量，值得称道和提倡。

  希望中国民办院校教育扶贫工程能够使更多家庭贫困学生获得接受高等教育的机会，通过知识改变命运，通过教育成就人生。希望更多的民办院校积极参与教育扶贫工程，为提高全民族文化素质、建设社会主义和谐社会作出积极贡献！

陈至立
2006 年 9 月 27 日

"中国民办院校教育扶贫工程"的启动，旨在通过动员国内民办院校，为贫困学生提供免（减）费教育，为更多的贫困地区青年提供学习的机会。

积极开辟就业扶贫之路

在 2006 年 10 月，湖南省常宁市塔山瑶族乡板角村村民肖光胜等 600 多名贫困农民，在该市举办的"万名招工扶贫光彩大行动"招聘会上，分别与广州、深圳等地的 200 多家用人单位签订了用工合同。

进入 21 世纪以来，该市先后有几万名贫困农民通过外出务工走上了脱贫之路。

常宁市有部分农民，由于自然条件或自然灾害等原因，家庭经济十分困难。为了帮助农民摆脱贫困，该市把农村招工扶贫，作为落实省政府"八件实事"和建设新农村的重点来抓。

常宁市以市劳动就业服务局和市农业广播学校为基地，先后免费开设了驾驶、保安、电脑、电工、美容美发、家政服务、模具、建筑、电焊等各类实用技能培训班 100 多期，先后培训贫困农民 7000 余人。

全市 23 个乡镇，也以农民技术学校为阵地，免费培训贫困农民。通过培训，95% 以上的贫困农民掌握了一至两门实用技能，并找到了就业岗位。

市领导采用上门、电话、书信、开会等形式，为贫困农民联系招工单位。

为维护务工农民合法权益，常宁市还给每个外出务工的贫困农民发放《劳动维权跟踪服务证》，对他们作出7项劳动维权跟踪服务承诺。

持证人及其家属到市劳动部门求职时，免收职业介绍服务费。

务工人员在外工作期间，如发生工伤等事故，或用工单位违反劳动法规侵害其合法权益，市劳动部门都会及时派人协助处理。

蓬塘乡一名姓李的贫困农民，在广东东莞市一家公司务工，2006年6月在工作中不幸受伤致残。

这位贫困农民与公司在赔偿金额上存在很大分歧，因此发生了争执。

蓬塘乡劳动管理服务站闻讯后，派两名工作人员赶赴东莞，为这位农民维权。

在当地劳动部门帮助下，两名工作人员经过不懈的努力，为这位农民依法争取赔偿3万多元。

招工扶贫这一举措，加快了当地农民脱贫致富的步伐，促进了新农村建设。

到2006年9月底，常宁市外出务工的1.1万多名贫困农民中，一些人在积累了一定技术和资金后，返回家乡创办企业。

与此同时，为当地新增了就业岗位，从而让更多的农民进入企业工作，增加了收入，提高了家庭生活水平。

严格实施以工代赈计划

中央政府专项的扶贫资金分为三类：财政扶贫资金、以工代赈扶贫资金和信贷扶贫资金。

在1997年，国务院为了加强对各类不同性质扶贫资金的扶持对象、条件、标准以及使用程序、权力和责任作出了明确规定。

同时，特别强调，各项扶贫资金要根据扶贫攻坚的总体目标和要求配套使用，形成合力，发挥整体效益。

各项扶贫资金的投入重点是：

财政扶贫资金主要用于修田造地、解决人畜饮水困难和科技培训、推广农业实用技术。

以工代赈资金主要用于建设基本农田、兴修小型水利和修建乡村道路。

扶贫贷款主要用于有助于增加贫困户当年收入的种养业项目。

同时，要求各级扶贫工作主管部门，要切实加强对扶贫资金的管理使用检查、监督。

审计部门为扶贫资金使用效益、如期实现基本解决贫困人口温饱问题的目标发挥了关键作用。

以工代赈计划，是一项旨在改善贫困地区基础设施的扶贫计划。该计划在1984年开始实施。

在1995年以前，以工代赈计划的执行方式是，贫困地区的群众利用农闲季节投入劳动，修建道路和水利工程，中央政府以库存积压较多的粮食、棉花、布匹、日用工业品等实物，对劳动者进行补贴。

从1996年开始，以工代赈列入中央财政预算，直接向劳动者支付货币，不再投入实物。

以工代赈计划将修建公路、水利工程、人畜饮水工程和基本农田建设作为重点，改善了贫困地区的基础设施和生产生活环境，为贫困地区的经济发展创造了条件。

同时，为农闲季节的农民提供了短期的就业机会，提高了农民的收入水平，符合我国的基本国情。

安徽省太湖县位于长江流域中下游，皖西南边陲，是一个集革命老区、贫困山区、水库淹没区和省内边区于一体的国家扶贫开发工作重点县。

全县总面积2031平方公里，辖5乡10镇，174个行政村，56.35万人。而居住在自然环境恶劣的高寒山区和花凉亭水库淹没区人口，达26.3万人，占总人口的41%，是"十五"期间以工代赈扶贫攻坚的主体对象。

在"十五"期间，在国家扶贫政策的指引下，在省、市各级关怀下，县委、县政府根据省委、省政府的统一部署，带领全县人民精心组织了大规模、多层次、全方位的扶贫开发工作，取得了显著成就，全县综合经济实力有了明显增强。

　　安徽省、市主管部门，县委、县政府领导，对以工代赈工作十分重视，亲自检查、督促项目计划的落实，还经常带领县直有关部门的负责同志到项目单位现场办公，解决项目实施中遇到的困难和问题。

　　各乡镇、各部门主要负责同志，都亲自抓以工代赈工作，每项工程按涉及的范围和规模大小，分级实行了行政首长负责制，实行领导抓，抓领导，一级抓一级，一级促一级，有力地保证了项目计划的顺利实施。

　　为了使以工代赈资金真正用在刀刃上，在省、市主管部门和县委、县政府的领导下，按照全县国民经济"十五"计划要求，认真编制了以工代赈项目规划。

　　以工代赈牵涉面广，工作量大，需要各部门密切配合。

　　多年来，在安徽省、市主管部门，县委、县政府的领导下，县直属各部门密切配合，按照各自的分工通力协作，各司其职，使太湖县的以工代赈工作开展得有条不紊、有声有色，共同为山区的脱贫致富作出了贡献。

二、扶贫行动

- 记者们满怀深情地说:"贫困县不脱贫,这门'亲戚'就不断线;虽然贫困县脱了贫,这门'亲戚'也要常来常往。"

- 共青团贵州省委副书记陈昌旭说:"'名誉村长'的扶贫模式,对解决中国'三农'问题,在西部贫困地区是一次有价值的探索。"

- 西安交大党委书记王建华说:"西安交大始终把扶贫工作,当作一项重要的社会责任。我们不仅要帮助当地的老百姓脱贫,更重要的是让他们走上致富的道路。"

成立企业社会责任同盟

2006年10月15日,中国企业社会责任同盟在北京大学英杰交流中心举行成立大会,呼吁更多企业支持贫困地区可持续发展,并承担更多的社会责任。

由招商银行、IBM、平安保险公司、万科、诺基亚、惠普、TCL、均瑶、南方报业等13家具备良好社会责任感的中外知名企业,共同发起的中国企业社会同盟,旨在联合社会各界的力量,通过政府推动、非政府监督,以及企业的自律机制推进中国企业的社会责任建设,并通过社会责任平台强化企业品牌形象和竞争力。

北京大学光华管理学院名誉院长、同盟首席顾问、著名经济学家厉以宁在大会致辞中指出:

单个企业的社会责任行为,力量是薄弱的、分散的。而以企业联合的力量,来推动中国的企业社会责任,则无论从组织上、规模上、影响上都更能发挥效用。

厉以宁说,中国企业在构建和谐社会、实现经济可持续发展中,负有不可推卸的特殊责任。

厉以宁希望越来越多的企业,将社会责任事业整合到战略发展框架中，尽快加入同盟中来。

中国企业社会责任同盟会长、招商银行行长马蔚华表示：

>中国企业经过20多年的发展，已经壮大起来了，但它们的力量还没有得到有效的凝聚。
>
>同盟的成立，就是为这些企业创造一个平台，让大家联合起来做有益于社会的事，并共同实践企业合力扶贫的公益试验。

惠普中国有限公司总裁孙振耀表示：

>作为企业，惠普不仅对中国的扶贫工作充满信心，也更愿意投身其中，同时也号召更多的企业帮助贫困地区的发展。

中国民营企业均瑶集团从20世纪90年代就开始捐助各种希望小学，还设立了1000万元的均瑶基金，奖励东部发达地区的大学生到西部贫困地区当村干部或乡村教师。

均瑶集团副董事长王均豪说：

>这1000万元基金的社会效应，远远大于一个亿的价值，因为基础教育可以帮助贫困农民

的下一代不再贫困。这比把 1000 万直接给一个县，帮助有限的人脱贫更有价值。

同盟秘书长、北京大学光华管理学院教授何志毅说："近年来，随着中国经济的快速发展，诸如环境保护和贫富差距问题越来越受到社会关注，企业社会责任意识在中国逐步得到公司企业的重视。同盟的近期计划，将以促进中国的基础教育和扶贫事业为主。"

社会责任同盟在 2006 年 4 月份开始筹备，一项旨在扶持贫困地区发展的"甘露工程——新上山下乡运动"随之启动，其中包括 6 个"100 工程"：

送 100 个教师下乡；承担 100 个农村老师的工资；选 100 个乡村老师外出进修；接待 100 个农村孩子到北京等大城市参观；在边远农村建立 100 个网络学校；为乡村小学安装 100 台跨国公司和中国大公司更新下来的电脑。

何志毅说："我们准备把这个同盟作为长期工程回报社会，扶贫救困的责任平台，从 6 个 100 的试点做起，将来会变成 6 个 1000，把中国贫困地区可持续发展的大业长期推动下去。"

中国有社会责任感企业的介入，为党中央的扶贫开发计划提供了强有力的支持。

开展绿色电脑扶贫行动

2008年10月12日，中国扶贫开发协会村络工程办公室联合搜狐公司共同举办的"网络传递更多爱——绿色电脑扶贫行动"发布仪式，在北京启动。

来自河北、青海的孩子们通过三地视频的形式，与北京启动仪式现场的爱心人士共同发出倡议，倡导大家捐献出闲置的电脑，用以支持扶贫事业，并保护环境。

在发布会上，中国扶贫开发协会副会长林嘉騋，与搜狐公司首席运营官龚宇，共同启动了由搜狐承建的"绿色电脑扶贫行动"官方网站。

中国扶贫开发协会副会长林嘉騋指出，"绿色电脑扶贫行动"是中国扶贫开发协会村络工程为解决农村信息化中的"能用"环节而开展的大型公益活动。活动旨在有效利用城市淘汰的电脑等电子设备，通过专业整修使其成为可以使用的"绿色电脑"，输送到农村使用，改善农村中小学计算机教学环境，促进农村信息化建设。

同时，行动还促进废旧电脑等电子设备的环保处理，呼吁社会保护环境。

搜狐公司首席运营官龚宇说，搜狐公司已率先与中国扶贫开发协会签订长期捐赠电脑协议。

此前，在2008年7月6日，中国扶贫开发协会向大厂回族自治县电脑捐赠仪式，暨中国建设银行绿色电脑教室揭牌仪式，在河北省大厂县邵府小学举行。

这是"绿色电脑扶贫行动"开展以来，所援建的首座电脑教室，其中的电脑是由中国扶贫开发协会向中国建设银行募集所得。

河北省小学均设有计算机必修课，然而，大厂县各农村小学却因为电脑配置过低而无法进行基本授课。

现有的机器大多只能勉强打打字，涂涂画画，其余的甚至无法正常运行。

尽管如此，小学生们还是喜欢去上电脑课，享受难得的与电脑亲密接触的机会。

中国扶贫开发协会向邵府小学捐赠的这批绿色再生电脑，帮助该校学生解决了电脑教学的问题，并且电脑预装了中文在线等企业捐赠的电子图书和电影课，丰富了孩子们的课余生活。

在2008年7月份，搜狐公司捐赠的第一批230台电脑中，有20台电脑捐赠给河北大厂回族自治县夏垫小学，并建成了第一座搜狐电脑教室。400余名孩子可以在这里接受电脑教育。

在活动现场，由搜狐承建的"绿色电脑扶贫行动官网"正式启动。

在启动仪式上，通过视频大家看到了第一批获捐的河北大厂回族自治县夏垫小学的学生，在搜狐公司援建的电脑教室中进行"我为母校添色彩"计算机画图比赛的场景。

搜狐公司首席运营官龚宇代表搜狐公司,将电脑捐赠给到场的四川地震灾区代表和河北大厂夏垫小学的孩子们,而曹颖、羽泉、刘芳菲等明星志愿者和高校志愿者也纷纷表达了"支持扶贫、支持环保"的心声。

此外,作为公益组织的公益IT志愿服务网络,也通过提供相应的视频软件表示了支持。

整个启动仪式温馨感人,令人振奋。

自中国村络工程办公室在2008年3月推出"绿色电脑扶贫行动"以来,行动已经取得了社会的广泛响应和支持。

捐赠的电脑已援建了北京、河北、内蒙古、青海、贵州、湖南、安徽、四川等地的数十个绿色电脑教室和农村信息服务站。

另外,微软公司、英特尔公司、中国建设银行、国家知识产权局、MSN公司、中国物流公司等企事业单位对行动也进行了电脑捐赠。

河北省大厂回族自治县成为行动的首个绿色电脑教室覆盖县,援助行动为大厂县17个中小学捐建了电脑教室。孩子们从此可以感受到电脑给他们带来的知识与快乐。

大学生志愿行动促扶贫

重庆市是全国唯一以省为单位的统筹城乡综合配套改革试验区，"贫困面积大、贫困人口多、贫困程度深"是该市扶贫开发面临的严峻形势。

随着各级党委、政府以及社会各界对贫困山区和贫困人口的关注度越来越高，投入力度不断加大，贫困山区和贫困人口的基本面貌也得到了较大改善。但是，人才匮乏始终是制约贫困山区经济社会持续发展的主要因素之一。

因此，重庆市在2008年实施大学生扶贫接力志愿服务行动，引导高校毕业生参与该市的扶贫开发工作，为全市村级扶贫开发工作提供了智力支持和服务保障。

大学生扶贫接力志愿服务行动，有利于引导广大有志青年弘扬"奉献、友爱、互助、进步"的志愿精神，到基层去、到贫困地区去建功立业；有利于帮助贫困地区改善基本生产生活条件和经济落后状况，巩固扶贫开发成果，促进农村经济和社会全面发展；有利于进一步拓展大学生就业、创业渠道，培养和造就一大批既懂现代科学文化知识，又有基层工作经验和强烈社会责任感的优秀青年人才。

重庆市大学生扶贫接力志愿服务行动，是按照公开招募、自愿报名、组织选拔、集中派遣的方式，每年招募一定数量的普通高等学校应届毕业生，到全市18个扶贫开发工作重点县的贫困村，从事为期一年的扶贫开发志愿服务工作。

志愿者服务期满后，政府鼓励其扎根基层，或者自主择业和流动就业。

在2008年，重庆市侧重于招募一批金融、法律、经济管理、农业技术类专业的大学专科及以上学历的应届毕业生、在读研究生。

这批志愿者被重点安排到全市的村级互助资金试点村、整村推进示范村、产业发展重点村，以及少数民族和革命老区村。

志愿者的主要任务是，帮助贫困村制订完善发展规划，强化村务财务管理，指导产业发展，开展科技文化培训，推广运用先进农业科技，以及做好贫困村扶贫开发项目的实施工作等。

同时，重庆市还专门筹措了200万元的工作经费，主要用于志愿者的生活补贴、交通补贴以及为志愿者购买意外事故保险、疾病事故保险、意外残疾保险、疾病住院医疗保险、高额医疗住院保险等。

志愿者除享受《重庆市人民政府办公厅关于印发重庆市大学生志愿服务西部（重庆）优惠政策的通知》规定的政策外，生活费补贴每人每月900元，交通费补贴每人每年800元，保险费每人每年200元。

在农村，大学生们受到了农民的热烈欢迎。很多人就因为到农村去了一次，自身就发生了根本性的改变。同时很多乡村就是因为有了大学生的到来，发生了巨大的改变，甚至从此走上了自立自强谋求发展的道路。

农民们感谢大学生的支援，大学生们感激农民的给予，双方的精神同时成长。

也正因为如此，这种以新乡村建设为主导的大学生支农活动，得到了大学生们的热烈欢迎，并很快扩展开来。

而农民也已经感受到了这种朝气和希望，纷纷邀请大学生到自己的村里支援，进行扶贫开发。

"新闻扶贫行动"蓬勃展开

2006年以来,河北省石家庄市委宣传部组织市属新闻媒体开展"新闻扶贫行动",探索出一条新闻宣传工作虚功实做的路子。

通过"新闻扶贫行动",为贫困县脱贫致富送信息、送知识,在新闻单位和贫困县之间架设了信息金桥和知识金桥,加快了贫困县经济发展和贫困群众脱贫致富的步伐,收获了累累硕果。

"新闻宣传为我县的蜂蜜打开了销路,一年能让蜂农挣上千万元。"赞皇县养蜂协会会长陈秀英高兴地说。

贫困县往往有着丰富的资源,如赞皇县的大枣、蜂蜜,平山县的芦笋、核桃,灵寿县的金针菇、板栗,行唐县的红枣、贡米等,都是优质的绿色食品。

但是,由于缺乏市场需求信息,只靠坐等小商小贩进山收购,没有自己的销售渠道,价格上不去。

尽管增产了,却不能增收,口袋里还是没有钱。信息传送不畅通,是贫困县发展的巨大障碍。

"你们的需要,就是我们要宣传的重点。"石家庄市委宣传部针对平山、赞皇、灵寿、行唐等贫困县的这一实际问题,充分发挥新闻媒体的宣传优势,为他们架设信息桥梁,为丰富的资源和特色产品找市场。

自1998年起，石家庄市委宣传部每年组织《石家庄日报》、《燕赵晚报》、石家庄广播电台、石家庄电视台等媒体，到这些贫困县开展新闻扶贫。

各媒体以高度的责任感，为此专门设计方案，拿出专门版面、专题栏目、重要时段，突出刊播新闻扶贫稿件，制作具有视觉冲击力的形象广告，全方位、多角度地报道贫困地区的经济社会发展情况、独特资源优势、丰富的土特产品和文化历史社会亮点。

采取系列报道、新闻图片、访谈等多种方式方法，通过宣传，形成共同帮扶贫困县尽快脱贫的舆论氛围。

各媒体还投入大量版面和时段，刊播免费广告，真情扶持企业发展和农产品销售。

几年来，《石家庄日报》和《燕赵晚报》共拿出66个整版刊发免费扶贫广告。石家庄电台、石家庄电视台共播发免费广告4000多次，扶贫版面和广告宣传，折合人民币近1800万元。

为贫困农村和农民提供无偿服务，宣传骨干企业和土特产品，提高骨干企业和土特产品的知名度，为市场的供求双方架设了信息的金桥。

通过信息金桥，灵寿县金针菇飘香海内外。全县食用菌种植面积已达550万平方米，种植户达2万户，产值5亿元。

赞皇县蕊源蜂花粉、蕊源蜂蜜和蕊源蜂王浆3种产品，被农业部农产品质量安全中心认定为无公害农产品。

日本客商到赞皇县考察蜜源，当即签订了合同。

赞皇县养蜂户由最初的22户，发展到遍布全县11个乡镇、96个自然村的1200多户，规模在50至100群的蜂农养殖大户273户，总养殖量超过两万群，年销售收入突破1000万元。

河北省石家庄市贫困县的广大农民，真切地尝到了新闻扶贫的甜头。

扶贫需扶智，治穷先治愚。石家庄市委宣传部，组织了"送报下乡"、建广播电视村、实施广播电视"村村通"工程、新闻助学、兴建希望小学等一系列活动，提高贫困地区农民群众的科学文化素质。

石家庄市委常委、宣传部部长孙万勇说：

> 要想使贫困地区脱贫致富，就要授人以渔，给他们送文化、送知识，架设知识的金桥。

报刊是传达党的路线、方针、政策的重要工具，是传播经济信息、文化科技知识的重要载体。

市委宣传部把为贫困县、贫困村送报送刊物，当作扶智和治愚的重要手段，统筹各方力量，开展"新闻扶贫，送报下乡"活动。

每年市财政从扶贫款中列支20万元，为贫困村和受灾村订阅党报；组织部列支党费20万元，用于帮助农村基层党支部订阅三级党报；宣传部从精神文明建设资金中列支 20 万元，用于支持新农村建设订阅报纸。

此外，还动员和鼓励文明单位、优秀企业、机关团体、企事业单位，积极向贫困农村赠阅党报党刊和农业科技报纸杂志。

通过新闻扶贫，宣传系统各媒体记者和 4 个贫困县结下了深厚的友谊。

各新闻扶贫县，成为宣传系统和新闻单位记者挂职锻炼和新闻采风的基地。

记者深入基层体验生活，获得了许多鲜活的素材，采写了大量贴近基层、充溢着乡村气息的新闻，同时，工作作风和写作文风也大为转变。

经过坚持不懈地开展新闻扶贫活动，宣传部和各新闻媒体成了农民的亲戚。

每年金秋果子成熟的时节，过上了幸福日子的农民，总要挑出新鲜的特产送来，让都市的亲人们品尝。

贫困县的基层干部和群众，有了这样那样的困难和问题，就像走亲戚一样，找到新闻单位，请他们帮忙出出主意，想想办法。

记者们满怀深情地说：

贫困县不脱贫，这门"亲戚"就不断线；虽然贫困县脱了贫，这门"亲戚"也要常来常往。

老军人扎根山区搞扶贫

在湖北省黄梅县五祖镇大坪村,有一些离退休的军人虽已退休,但却始终保持着军人的本色。

这些离退休的军人已在五祖镇大坪村干了十多年,多年来,这里路通了,水通了,电通了,荒坡地变绿了。

但是,这批离退休军人初衷不改。不是亲人,胜似亲人,多年来,他们整整帮扶了一代人。

在帮扶中,他们已与群众融为一体,被群众称为最亲最近的人。

说起军休所这批老干部,个个都有着传奇的经历。在解放战争中,他们扛过枪,流过血,有的还立过功,全都是个顶个的硬汉。

但是,就是这些"离休不离本,退休不褪色"的老军人,把自己的余热奉献在山区,在鲜红的党旗上添加了最鲜艳的一笔。

多年前的一天,以王志杰为首的10余名老干部,发现大坪村群众生活十分困难,于是,他们立即商量着,决定在该村干一番事业。

说干就干。第二天,王志杰这些老军人们就打起行李,上了山。

此时,有些人议论纷纷,说他们是三分钟热情,碰到难处之后，就会灰头土脸地跑下山来。

面对着各种各样的议论，老人们在山上居住了下来。他们砍荆棘、搭草棚……

同时，老人们还请来交通、农业、林业方面的专家，商量脱贫致富的对策。

发展的难点在路上，大坪村群众祖祖辈辈在这里居住，但是却没有开垦出一条大路来。出入大坪村，要爬5公里的山路。山路弯弯，犹如羊肠小道。

因为路不通，群众甩不开腿脚，生活过得十分艰难。

干就从修路干起。在找准切入点之后，几位老军人抡起了锄头。在老军人的带领下，全村人也随即抡起了锄头，修起了路。

修路是需要大笔钱的，但是，经过王志杰一发动，大家立即从自己的积蓄里拿。不够，王志杰就硬着头皮，第一回开口求人。

两年过去后，大坪村架起了两座水泥桥，修通了5公里山路，让车开到了村里。

路通了，电通了，自来水也通了，但是，老军人却还没有打道回府的意思。

他们又带领群众，开垦出200亩雨花菜基地，并帮着把产品销到县里、省里，让群众手里有了一些经济收入。

老军人们不仅是脱贫致富的带路人，而且还是爱管闲事的"样样管"。

几年前，大坪村里5个苦孩子辍学了。王志杰一听说，就马上拉上老战友，又是送钱又是送粮，直到孩子们重新坐在教室里学习文化知识。

村里的小伙子打了媳妇，被告到"样样管"那里，结果小伙子挨了批，向媳妇做了检讨。

如今，曾经落后的大坪村面貌变了，变美了，变富了，变精神了。

但是，这些老军人的情怀却没变，他们仍经常让人扶着，到大坪村走走看看，就像走亲戚一样。他们把这里早已当成了自己的又一个家，一个牵挂的地方。

蕉城启动"海西春雨行动"

福建省蕉城区赤溪镇是个蘑菇大镇。虽然种蘑菇是下半年10月份之后的事，但东边村菇农胡步华却早早地盘算着2007年的种植规模，还时不时地到菇田里转悠。

在2007年春，胡步华种了3000平方米蘑菇。没想到，在短短5个月的时间里，竟然收入了1.2万元。

"如果没有上级给我扶持3000元做成本，我哪有今天？"每当有人问起他的收成时，沉浸在丰收喜悦之中的胡步华，总不忘这样说。

胡步华说的是上级扶持，实际上是"海西春雨行动"光彩扶贫。

在2006年8月，福建省委统战系统开展"海西春雨行动"服务社会主义新农村建设，在蕉城区统战部和工商联的争取下，省委统战部和省工商联安排给蕉城区光彩扶贫项目发展资金20万元。

蕉城区民营企业家也加入到了"海西春雨行动"中来，捐款10万元。

如何将30万元有限的捐资款最有效地用在扶持农民身上，蕉城区统战部和工商联颇费了一番心思：30万元若扶持100万户农民，每户3000元，说多不多，说少不少，如果能用在发展生产上，那将不仅仅是3000元的效益。

基于此，他们把扶持的对象定在有劳动能力而缺乏资金的贫困户的生产项目上，确定九都、霍童和赤溪3乡镇的17个村为扶贫试点。

市区统战部和工商联人员多次到各乡镇走访调研乡镇上报的贫困农民，逐一核实他们的家庭情况，帮助他们筛选适合的生产项目。

东边村的胡步华，正是这样被列为扶助对象的。2006年夏末，村里人在忙着蘑菇备料，他也想种一些蘑菇，可由于老父常年生病，家里欠下债务，哪里还有发展资金。

正当胡步华一筹莫展的时候，村干部告诉他，只要肯干，上级有个"海西春雨"扶贫项目，可以无偿地资助他3000元种蘑菇。

胡步华不敢相信这样的好事会降临到他这个穷人身上。后来，村里将他和同村的4户贫困户的情况写到村务公开栏上公示，胡步华才相信这是真的。

在2006年10月9日，赤溪镇政府举行"海西春雨行动"光彩扶贫第一批资金发放仪式，胡步华从蕉城区委常委、统战部部长王丽云手中接过了3000元扶贫资金。

回到家后，胡步华很快买来蘑菇所需的材料，种下了3000平方米蘑菇。

2007年春，蘑菇行情十分看好，仅几个月的时间，胡步华就收入了1.2万元。他终于把多年的欠债还清，还把媳妇娶回了家，生活也变得好起来。

2007年4月26日，省委统战部副部长、省工商联党组书记陈大明，在察看赤溪光彩扶贫项目时说：

3000元，对一个企业家来说，也许只是一餐饭而已，但却是一户农民的致富希望。

胡步华只是"海西春雨行动"光彩扶贫受益农民的一个代表。

在2006年10月和12月，蕉城区委统战部将30万元的扶贫款分两批发放到了100户贫困农民手中。

在全区100个受助户中，选择养殖牲畜的有70户，而种植果蔬、蘑菇的有30户。因为选择的都是"短、平、快"项目，3000元的资金普遍都带来了效益，贫困户一举摘掉了贫困帽。

各地开展巾帼扶贫工程

多年来，全国妇联配合政府，一直把帮助妇女摆脱贫困作为重要任务。

在20世纪80年代初，各级妇联组织开始与贫困地区、贫困户建立联系。

自1988年以来，全国妇联与国务院扶贫办对贫困地区的1300多名妇联干部进行了培训，组织她们到沿海发达地区考察、参观、实地工作，为贫困地区培养了一支带领妇女脱贫致富的干部队伍。

同时，还通过在农村妇女中广泛开展的"学文化、学技术、比成绩、比贡献"活动，以文化技术培训提高妇女的素质；以发展庭院经济、兴办妇女扶贫开发项目，增加妇女的经济收入；以培养女科技示范户、建立联系点、联系户、先富帮后富拉手扶贫等形式多样的工作方法，把帮助妇女脱贫致富落到了实处。

从1985年至1995年这10年间，各级妇联共帮助了160万贫困妇女摆脱贫困。10年来，全国妇联还争取了国际援款约665万美元，辐射到20多个省、自治区的部分贫困地区，直接受益妇女达23万人。

2004年春节前夕，温州市妇联开展巾帼扶贫行动，给特困妇女捎上问候，送去温暖。

市妇联一行带着棉被等生活用品和慰问金,来到鹿城区牛岭村、渔渡村等地,看望了因下岗而生活窘迫的林问真、患癌症又失业的韩彩平、多病残疾的欧若华,以及家中遭受火灾的王美香等4户特困妇女家庭。

每到一处,市妇联干部都仔细询问她们的生活状况,了解她们面临的困难,并帮助她们寻找改善困境的出路,让特困妇女们深深感受到了组织的温暖和关怀。

2006年6月26日,首期投资100多万元建设的鹿寨县胜辉电子厂,暨鹿寨县巾帼扶贫工程培训基地在县职业教育中心正式挂牌成立。

多年来,鹿寨县妇联积极引导全县妇女参与经济建设,开展巾帼社区服务工程、巾帼文明示范岗、双学双比等一系列重在提高妇女素质和能力的活动。

尤其是县妇联与相关部门每年免费为农村妇女举办的电脑、缝纫、电子、餐饮、刺绣、家政等培训班,使2000多名的农村女性劳动力成功实现了转移就业。

巾帼扶贫工程的开展,为广大的农村女性劳动力带来了希望,带来了对美好未来的无限憧憬。

贵州省委发起"春晖行动"

由共青团贵州省委发起的"春晖行动",自 2004 年启动以来,在近一年的时间里引起了社会各界的广泛关注与参与。

北京大学原校长、著名经济学家吴树青说:

党的十六大指出,要用城乡统筹的眼光解决"三农"问题,"春晖行动"的启动,无疑是"三农"问题解决的一次非常有益的探索和尝试,起点高、立意新。

贵州省正安县安场镇自强村党支部书记任强说,一提起"名誉村长",村子里的老老小小就会说起郑传楼这个人。

年逾半百的郑传楼,是贵州省农业厅机关党委副书记。

自 1988 年回乡过春节,郑传楼第一次召集村组干部探讨如何为家乡谋发展之后,就一发不可收了。

自此,郑传楼利用所有节假日,往返奔波于省城贵阳至自强村数百公里的路上,用一种常人难以想象的执着,回报着故土的养育之恩。

郑传楼认为，农民贫穷的原因之一是祖祖辈辈不断地负重，向城市输送人才和农产品，但是得到的回报却甚微。如今，国家提出城乡互动颇为及时，可它需要有人为之付出。

自强村700多户人家3000余人，长久守在土地贫瘠、缺水、不通公路及生态脆弱的穷窝窝里，过着吃不饱穿不暖的苦日子。

为了改变家乡的面貌，郑传楼利用自己的农学专业知识、信息技术及社会资源等，多方筹集资金，从事家乡建设。

从架桥修路、修渠引水等基础设施，到调整产业结构、改善生态环境、建起希望小学，再到改变村里的陈规陋习，自强村现已变成了闻名全省的小康村。

自强村农民的年人均纯收入，从1988年的不足500元增加到1500元。

在这里，你可以看到规划有序的学校、卫生室和农贸市场等，还可以看到修建整齐的砖混结构新房，已逐步形成了农村城镇化的格局。此外，经过退房还田，农民还增加了不少的良田耕地。

郑传楼从群众心里的"名誉村长"，变成了镇政府正式礼聘的"名誉村长"。

共青团贵州省委副书记陈昌旭说：

受郑传楼的启发，联想到古诗《游子吟》

中的"谁言寸草心，报得三春晖"，还有"回报桑梓""反哺故土""饮水思源"等中华民族传统美德。

"名誉村长"的扶贫模式，对解决中国"三农"问题，在西部贫困地区是一次有价值的探索。

陈昌旭说：

"春晖行动"以"亲情、乡情、友情"为纽带，以"血缘、亲缘、地缘、业缘"为社会网络，以整合资源、志愿参与、力所能及、形式多样为原则，组织广大离乡在外的游子，关注家乡的扶贫开发及精神文明建设等。

修文县委、县政府以"春晖行动"为载体，利用当年400多名到本县插队的上海知青资源，带队到上海进行互访。

县委书记魏明禄说，令他们没有想到的是，知青们对第二故乡的发展表现出浓烈的感情、亲情和期望。他们还表示，愿意为家乡发展伸出援助之手，有智出智，有力出力。

中国作家协会副主席叶辛，是上海知青的优秀代表。叶辛感慨地说，几十年过去了，他对当年的沙锅寨、大坡脚、鹿子冲等村寨，总是念念不忘。近年来，一有机会他便回到他的第二故乡修文县看看。

每次回去，叶辛都要去他教过书的小学看一下。现在，娃儿们衣服上的补丁少了，也能吃上白米饭了。

但是，叶辛实事求是地说，和外面日新月异、变化神速的世界比起来，这里仍然是贫穷的，他们过的日子仍是不尽如人意的。

2005年，叶辛作为"春晖行动"的使者来到自强村时，特意筹资了35万元，为村里修建了一所希望小学。

魏明禄说，"春晖行动"是构建和谐社会的一个载体，它点燃了当代人所缺乏的激情。

修文县已通过"春晖行动"把知青这条感情线联结起来，并将上海知青作为县里招商引资的一个窗口，以加大全县扶贫开发力度。

魏明禄说，党委政府要把握优势与机遇，创造条件，搭建好平台。要做好、做实，但不作秀。如恢复、打造知青文化村寨，不仅是一段历史的再现，也是对下一代的教育。

沙锅寨的村民们听说恢复知青点旧貌，可作为旅游资源增加收入时，都高兴不已。

大家表示，不能辜负叶辛老师的好心，要在力所能及的范围内提前把事做好。

大家投工投劳修建一公里多的通村公路，但这条路要占4个村的土地。为了不引起纠纷和耽误修路工期，村民们自发将自家的好田换给临村。

村委会主任陈志能说,田是农民的命根子,用田换路,在过去是绝对不可能做到的,穷怕了的村民致富心切啊!

"春晖行动"与其他扶贫类型相比,具有两个鲜明的特征:

> 一是"春晖行动"中的"情",拉近了春晖使者与贫困人口之间的心理距离,降低了外来资源进入时的心理成本和时间成本,提高了扶贫资源的使用效率;
>
> 二是"春晖行动"中的扶贫类型,实际上都是因地制宜与个人优势的良好结合。

"春晖行动"的开展,让贵州省的农民们走上了脱贫致富的道路。

徽县争取国际援助项目

甘肃省徽县在扶贫开发上运用多元投入方式，积极争取国际行动援助项目资金50万元，用于虞关村、许坝村、泰山村、尚坪村、栗亭村等5个扶贫重点村，有效地改善了村容村貌。

徽县不是"老、少、边、穷"地区，也不是扶贫县。因此，针对扶贫资金短缺的现状，徽县在实施好世行扶贫项目的同时，多方争取，以诚感人。

2006年，投资50万元的国际扶贫项目终于落户徽县。

该项目在徽县落户后，行动援助项目中国办公室立即成立了徽县办公室，选调了一名业务骨干，长年驻守徽县，以便开展工作。

项目乡镇分别配有乡级专干，5个项目村都成立了项目管理小组，配合开展工作。

这样，逐级落实了人员，成立了机构，为项目的顺利实施提供了坚强的组织保证。

经过双方多次磋商后，行动援助项目中国办公室和徽县扶贫办达成了共识，签订了合作协议。项目随即步入了正式、快速的发展轨道。

项目的实施，首先是为虞关乡虞关村和许坝村、水阳乡泰山村、栗川乡尚坪村和栗亭村设立了经济发展滚动基金，为每个村投入3万元。

资金由村上成立管理委员会自主进行管理，自己确定利息费、贷款周期和贷款额度，方便群众，适合贫困妇女发展经济。

这5个村的资金运转得非常顺利，解决了贫困妇女发展经济小额资金贷款难的问题。

实施修建妇女洗澡间项目，彻底改善了这5个村的贫困妇女个人卫生条件。

徽县扶贫办以社会主义新农村建设为契机，开展爱国卫生运动，以补助的形式，在栗川乡的栗亭村修建了一处公共洗澡堂。其余4个村修建的，都是到户洗澡间，也以补助的形式进行修建。

同时，为虞关乡虞关村和许坝村、栗川乡栗亭村改造维修饮用水项目，确保这3个村的贫困群众饮用上干净卫生的自来水。

修建村内道路，也是援助支持项目之一。组织虞关乡虞关村贫困群众出工，行动援助购买材料，硬覆盖了村组道路两条4公里。

此外，还实施了科技培训项目。协调徽县畜牧技术人员，为虞关乡许坝村贫困妇女提供养猪业方面的技术支持。

养猪业一直是许坝村妇女的一项重要增收项目，通过实施行动援助项目，改变了以前粗放的经营模式，让她们更多地了解市场，更好地掌握防疫灭病知识，提高了市场竞争力和自我发展的能力。

此外，还实施了妇女活动中心项目。为5个项目村都成立了妇女健康活动中心，为贫困妇女的健康教育提供了场所。

国际行动援助项目在徽县的顺利实施，是徽县在引进外资项目扶贫方面的又一成果，标志着徽县的外资扶贫项目走上了健康快速发展的轨道。

西安交大高度重视扶贫工作

2006年冬日的一天，西安交通大学扶贫小组一行，驱车近3个小时到达了蓝田县灞源乡中心小学。

在寒风中，一个个冻红的小脸蛋上洋溢着欢乐的笑容，震天的锣鼓声诉说着山区孩子们对教育的渴望，孩子们质朴的话语，表达着对西安交大的感谢。

一个小学生高兴地说：

> 感谢西安交大的叔叔阿姨们，我们有了新学校，就可以念更多的书了。

在过去的一年里，西安交大各扶贫单位充分发挥自身优势，高度重视"两联一包"扶贫工作，以实际行动回报三秦父老。通过"小细胞繁殖"，增强"造血功能"，扶贫效果显著。

在2006年，西安交大共为蓝田县修建乡村道路8.7公里，架设农电线路1.5公里，修建人饮工程一处，建希望小学一所，捐赠电脑10台，收录机100部，购置核桃树苗7000株，建百亩优质核桃基地一个。

扶贫团通过单位捐款和募捐资金，共计投入资金69.4万余元，其中直接投资65万元，职工捐款1.75万元，捐赠物资约 2.65 万元。另外，帮助引进资金 20 万元。

同时，学校还积极争取引进商务部信息平台和社会捐资建校等项目，为贫困地区的发展注入新活力。

2006 年，根据中共陕西省委办公厅和省政府办公厅的要求，西安交大的联县扶贫开发对象，由榆林市横山县调整为革命老区西安市蓝田县。

蓝田县位于陕西省关中东南部，地形复杂。由于自然环境的制约，蓝田经济发展缓慢，贫困程度较深。全县基础设施条件差，生存环境相对恶劣，直接影响了发展的步伐。

为了响应党中央号召，贯彻党的十六届六中全会精神，促进西部大开发的进程，按照省扶贫办的安排，西安交大一附院、二附院、教育集团、后勤集团、科技园、产业集团、出版社等 10 个单位，承担了蓝田县 10 个村的扶贫开发任务。

西安交大党委书记王建华说：

西安交大始终把扶贫工作，当作一项重要的社会责任。我们不仅要帮助当地的老百姓脱贫，更重要的是让他们走上致富的道路。

学校一直努力拓展思路，变单纯的帮扶为开发，在项目引资、成果转化、资源开发等方面，与蓝田进行合作，为地方持续发展提供能量。

同时也不断发挥我校在医学、教育和社会影响力方面的优势,为构建和谐社会和社会主义新农村建设作出应有的贡献。

金山乡龙门村地处岭沟地区,学校由3个教学点和一个中心校组成,简陋的教室和破旧的桌椅无声地诉说着教学条件的恶劣。

交大第二附属医院与当地乡政府、村委会,达成共建希望小学的共识,利用暑假期间对中心小学进行了修缮、装饰、粉刷,为学生营造了一个良好的学习环境。

2006年10月27日,中心小学正式更名为"西安交通大学医学院第二附属医院希望小学",这是二附院继榆林市横山县白岔崂村所建希望小学之后,创立的第二所希望小学。

灞源乡中心小学位于科技园对口扶贫村,即沟口村。全校300余名学生,来自周边分散的7个行政村。

以前,学生每天步行到校,最远的学生来回要走十多公里路。

科技园捐赠的50套双人架子床,有效地解决了该校寄宿生的问题。

同年11月16日,科技园再次捐赠100台收录机,解决学校学生学英语难的问题。

六年级的王莹同学表示,住校以后,学习时间明显增多了，有了收录机可以提高英语水平，成绩有很大的进步。

当听说西安交大科技园还为 5 名优秀学生每人颁发了 200 元奖学金时，学生叹声一片，羡慕之情溢于言表。200 元对于贫困山区的孩子来说，无异于一个天文数字。

校长张宏良高兴地说："奖学金的颁发，将会极大地激发学生的学习积极性。"

第一附属医院组织医院职工子女和葛牌镇大梨园村孩子结成"一对一结帮困对子"，帮助失学儿童重返校园。并为村小学建设图书站，添置教学文化用品。

出版社为曳湖镇骞家湾村小学建立计算机室，并按照陕西省中、小学"信息技术"课程教学要求，对教师进行培训，促成小学计算机信息技术课程的开展。

西安交大牵头两联一包

作为 2006 年"两联一包"扶贫活动的牵头单位，西安交大还承担着对九间房乡朝峰村的具体扶贫任务。

朝峰村地理位置偏僻，村民分布在二沟一梁上，只有一条土路通往区外，一条凹凸不平的羊肠小道连着两个自然村。落后的交通条件，严重地制约了村里经济的发展。

2006 年 11 月，西安交大向朝峰村捐款 12 万元，解决了广大村民行路难的问题，为老区人民修建了一条出村公路。

出版社对口扶贫的曳湖镇骞家湾村，是国家扶贫重点村，也是此次"两联一包"扶贫重点村。

骞家湾全村 235 户人家，分别居住在县城以北的半岭地带，交通状况极差。村内道路和出村道路均为土路，雨雪天就变成泥路，车辆不能出入，村民只能穿雨鞋步行出村。这一不利条件，严重影响了日常的生产生活和果菜外销。

针对这一情况，出版社在保证自身发展的前提下，克服资金困难，压缩开支。在 2006 年 9 月 17 日，捐款 10 万元，用于骞家湾村公路建设。

截止到当年 11 月底，长 3.8 公里、宽 3.5 米的出村水泥公路正式竣工,并且顺利通过了县里组织的专业验收。

看着蜿蜒的公路,村民们个个喜笑颜开,说以后下雨天出去,再也不用穿雨鞋了。

金山乡龙门村,地形复杂,各自然村最远距离达8公里,村里的农副产品无法外运,道路已成为制约当地脱贫致富的瓶颈。

西安交大二附院党委,与陕西农业开发办和扶贫办多方联系,求得支持。

在各方面的共同努力下,省政府特批10万元,西安市配套资金10万元,按照相关政策扶贫资金达30多万元,使得该村交通状况得到全面改善。

玉川乡甘坪村地处偏远高寒地区,人畜主要饮水来源于受污染的河流,疾病时有发生,因此建设引水工程成为燃眉之急。

但是,由于1998年的山洪暴发,大部分农田和道路都是在山石上铺垫一层浮土建成,开挖沟渠施工的难度很大。

教育集团在确定甘坪村为其帮扶对象后,多次组织专家进行实地考察,进行具体方案的探讨。

2006年11月,教育集团所属单位向甘坪村捐款7.4万元,用来解决甘坪村800多村民饮水难问题。

得知有人捐款解决吃水问题,村民们都十分高兴,大家不顾严寒,都纷纷出劳力,挖自来水管道。

在两天的时间里，挖管道近 3300 米，超过整个工程的 1/5。工程完成后，建成 5 个蓄水池，长达 1.5 万米，水质完全达到相关标准。

普化镇的宝兴寺村，地处灞河南岸。但是，宝兴寺村由于地理位置较高，800 多居民平时饮水只能靠下雨天蓄积的雨水。天旱时，还要到 3 公里外挑水喝。

在了解到这一情况后，西安交大产业集团先后多次到村里进行水源、吃水问题考察，并引起了新闻媒体的重视和报道。

各级水利部门也迅速行动起来，把解决宝兴寺村的饮水问题作为扶贫的重点来抓。

葛牌镇柞柴沟村，此时还是一个没电的村子。电的问题已经成为制约柞柴沟村农业资源开发和经济发展的瓶颈。

西安交大后勤集团经过反复考察、论证，确立了"高压引电进村"的方案，并在集团内部筹款 12 万元用于工程建设。

村民们也积极地配合，挖坑、栽杆、架线，寒冷的冬天里，每个人都干得热火朝天。

2006 年 12 月 1 日，该村高压引电 10 千伏进村工程完成，220 伏照明电通向了各家各户，村民们欢呼雀跃。

蓝田县南枕秦岭，北依骊山，东南部属秦岭延伸地带，北部属里山沟壑地带，中西部川、原相间，山岭面积占全县总面积的 80% 以上。

除了玉米、土豆以外，种植经济作物是村民们主要的收入来源。

核桃树是灞源乡沟口村的主要经济作物，盛果期一棵树年产值可达 3000 元。

西安交大科技园扶贫工作小组经过考察、选苗，为沟口村捐赠了价值 6 万多元的 7000 株优质核桃树苗。

在退耕还林基础上建设的核桃园，3 年后即可挂果创收，村民人均每年经济收入可净增 1500 元至 2000 元。

在"西安交通大学科技园扶贫百亩核桃园"的揭碑仪式上，70 多岁的罗秀芳老太太皱纹舒展。

罗秀芳老人高兴地说："交大为村民办了一件大好事。"

曳湖镇骞家湾村耕地总面积达 2300 亩，其中林坡地 800 亩，全村以种粮为主，广种薄收，人均收入仅为 700 元。

出版社在了解到这些情况后，组织职工捐款，统一购捐树苗，建设了 500 亩的樱桃园，发挥经济园林的规模效益。

2006 年 7 月 10 日凌晨，一场特大暴雨袭击了陕西关中地区，蓝田东北岭壑地带农田、道路被冲毁，房屋财产受灾情况严重。

二附院对口扶贫的龙门村，有 28 户村民近百间房屋受到了不同程度的损害，4 户人家屋内涌进的水流和泥浆深一米，墙壁严重倾斜，人畜无处安身。

7月12日，二附院一行8人紧急赶往受灾地，当场向村委会捐助了4000元救灾慰问款。

同时，还将米、面、油、棉被等物品及时地送到了灾民的手中。

灾民手捧救灾物资，眼中充满了泪水，他们不住地说：

谢谢交大二院人，感谢共产党。

2006年6月29日，科技园工作小组在田惠生总经理的带领下，走访了沟口村的李兴宗、闵陆印等5户特困户，并分别发放了200元慰问金。

入冬以前，科技园还向19户贫困户赠送了面粉、棉被等物品，并发放了春节慰问金。

2005年入秋以来，产业集团号召所属企业，开展"送温暖献爱心"活动，得到了职工们的积极响应。

2005年的10月26日，产业集团一行6人，将捐献的衣物、棉被，及时地送到了宝兴寺村民的手中。同时，对贫困户逐户走访慰问，每户多送棉被一条，现金200元。

扶贫小组工作人员表示，要让每一户村民都能度过一个温暖的冬天。

西安交大第一附属医院对口扶贫的葛牌镇大梨园村，是当年红二十五军长征时期的根据地，是很好的对党和团员进行革命教育的基地。

大梨园村位于半山腰，村里除了一座小学外，没有任何可供集体活动的地方。

时任村主任的雷双娃说：

> 以前有事，大家随便找个地方商量一下，说完就回家了。
>
> 现在有了"党员活动中心"，干部们有了办公的地方，可以更好地集中大家的力量，把村里的事办好。

2006年11月15日，一附院正式捐款，资助大梨园村建设"党员活动中心"，切实加强大梨园村的村民文化建设，发挥党支部在群众中的带头作用。

2006年，西安交大被评为陕西省扶贫工作先进单位，这是该校连续4年获得此项殊荣。

勇于创新引领农民致富

在贵州省余庆县龙溪镇，说起扶贫工作站站长吴昌龙，人人都会竖起大拇指。学哲学的他居然干起了农业，而且还干出了名堂。

吴昌龙在 1994 年大学毕业后，一直从事农村工作，有丰富的农村工作经验。

2002 年，吴昌龙担任龙溪镇农业产业化建设办公室主任、扶贫工作站站长后，把退耕还林政策、产业结构调整、扶贫开发有机结合起来。

吴昌龙采取山顶栽树、山腰种药、山脚种果的"林—茶—果""林—药—果"模式，先后发展苦丁茶 2250 亩、经果林 4500 亩、中药材 5000 亩。

为推广受市场欢迎的新品种苹果桃，吴昌龙对引进的苗木实行"三包"服务，培训果农 600 余人次，培养出大批果树栽培和管理的"土专家"，桃树种植面积达 3500 多亩。

2006 年，吴昌龙组织成立了龙溪镇果蔬技术协会，整合全镇水果种植资源，实行化肥、农药等生产物资统一订购，降低生产成本，农民收入明显增加。

全镇年销售鲜桃 60 多万公斤，销售收入 150 多万元，果业逐渐成为农民致富的主导产业。

产业发展市场是关键，吴昌龙还利用龙溪镇的区位优势和自然条件，依托黔龙药业有限责任公司，实行区域化发展，实施"一镇一特""一村一品"的产业发展思路，并结合退耕还林政策，采取"公司+农户""公司+基地"等模式，大力发展中药材产业，全镇已种植吴茱萸、八角、杜仲近5000亩，吴茱萸GAP试验示范基地还申请了国家级验收。

吴昌龙先后荣获贵州省余庆县产业扶贫先进个人、余庆县先进科技工作者等荣誉称号。

退伍军人帮助老区致富

在革命老区江西兴国县,一群转业退伍军人在经营果业中,打造了一个被当地山民誉为"开启致富之门"的新品牌——将军红,为老区脱贫致富闯出了一条新路。其中的一位领军人物,便是江苏籍退伍军人任杰峰。

进入21世纪,"将军红"这个名字,在中国果业很响亮,也很诱人。这不仅在于"将军红"系产于有"将军县"之称的革命老区兴国县,而且打造这一品牌的是一群曾在军营做过"将军梦"的转业退伍军人。

任杰峰与公司另一当家人侯兴平是老战友。转业后,本可以当上公务员或分配到好的事业单位工作,但他们却选择了自谋职业。

兴国是为新中国作出过特殊贡献的革命老区。怎样让老区人民富起来?当时已脱下军装,并在房地产业颇有建树的任杰峰,在一次次走访老区时,不由得心潮澎湃。

凭着高度的责任感,任杰峰与老战友侯兴平决定共同投资兴办一个利国利民的大型兴农工程,即兴国将军红实业集团有限公司。通过开发当地的脐橙、山茶油等特色资源,为老区人民脱贫致富做了一件实实在在的事。

任杰峰很快把户口从江苏盐城迁到兴国,一门心思扎根山区，当上这里的"脐橙大王"。

在任杰峰看来，选择老区创业，更多的是一种责任。任杰峰说，经济发达的江苏与革命老区江西有着特殊的情结。几代党和国家领导人对老区发展十分关怀，早在20世纪80年代，党中央就曾指示江苏，在江西设立办事处，对经济发达地区对口支援老区充满期待。

作为一名江苏人，任杰峰认为，既然选择在老区创业，就要为这里的乡亲脱贫致富尽一份力，为家乡人争光！

赣南兴国等地区，是亚洲最适宜种植脐橙的好地方。然而本应成为当地农民"致富果""摇钱树"的脐橙，却一度难以形成规模，创不出品牌。

在21世纪之初，侯兴平、任杰峰承包1.2万亩山地，开始种植脐橙。

4年后，红灿灿的"将军红"挂果了。香醇甜美的脐橙，顿时给老区人民带来了丰收的喜悦。

公司也很快壮大成为一支"集团军"，发展成拥有4家子公司，集脐橙、山茶油开发研究、种植生产、加工销售和生态观光旅游为一体的大型科技化集团。

兴国老区人民，在任杰峰这一有强烈社会责任感的退伍军人的带领下，终于过上了盼望已久的富裕生活！

三、脱贫致富

- 杨萍感慨地说:"是扶贫开发,让我们村的村民更新了观念,解放了思想,是扶贫开发使我们摆脱了贫困,走上了致富的道路。"

- 莫德勒图高兴地说:"村里人都说我这是脱贫致富'三级跳',这都靠国家的好政策啊!"

- 国务院扶贫办主任刘坚说:"晴隆发展草地畜牧业的实践,成功探索出贫困山区农民脱贫致富的有效途径……"

开发区创造扶贫奇迹

全国最大的移民扶贫开发区宁夏红寺堡开发区，自成立后 GDP 两年翻一番，财政收入一年翻一番，创造了我国扶贫史上的奇迹。

1998 年，宁夏回族自治区党委决定成立红寺堡开发区工委，主要搬迁同心、海原、原州、彭阳、西吉、隆德、泾源 7 县、区生活在贫困带上的贫困户，依托扶贫扬黄灌溉工程，在 36.65 万亩荒漠、半荒漠的旱地和草原上，建设全国最大的扶贫移民开发区。

在 2005 年，开发区农民人均收入由开始搬迁时的不足 400 元上升到了 1880 元。GDP 增长速度为宁夏增速的 4 倍，财政收入增速为宁夏增速的 8 倍。实现了 GDP 两年翻一番，财政收入一年翻一番。

扬黄灌区开发自建设以来，已铺设输水管线 1500 多公里，开发土地 39 万余亩，完成人工造林 100 多万亩，封山育林 49 万亩，植被覆盖率达到 65%，实现了村庄园林化，从贫困山区搬迁来的 17 万人迎来了新生活。

红寺堡开发区移民，大多来自宁南山区和中部干旱带。迁入到新灌区后，村村建有供水房，移民吃上了安全的自来水。

大河乡是 1998 年红寺堡移民开发建设的重点乡镇之

一。村民兰凤秀从落户这个乡7年来，已经3次拆旧房换新房。

红寺堡镇6村移民刘全生，在2006年种植了30亩甘草，年底开挖就有9万元收入。

刘全生老汉说："这是在老家30年收入的总和，扬黄工程断了咱的穷根。"

开发区现在桑树、枸杞、棉花、籽瓜等特色种植已初具规模，形成了一村一品的产业格局。

2007年初，一场春雪过后，大河乡四村致富女能手裴志红已经开始收拾蚕床，往桑田里送肥料。

当听说副乡长张淑艳是自己的联系户时，裴志红笑着说："养蚕的技术不成问题，可销路着实让人犯愁，这回有张副乡长帮忙，啥问题都能解决了。"

从2007年开始，红寺堡利用3年的时间，通过"一帮一联双挂双创"活动，让党员领导干部联系致富示范户，与181名农村贫困党员"结对联姻"。

同时，开发区的57个部门、企业，与40个行政村进行"捆绑式"争先创优。

结对后，3年不变，一年一承诺，一年一兑现，开发区进行跟踪考核。

所谓"双挂双创"，就是机关单位挂钩帮扶行政村，单位党员挂钩帮扶贫困户；党支部争创"红旗党支部"，全体共产党员争创"党员先锋岗"，进行"捆绑"式的争先创优。

"一帮一联双挂双创"，使领导干部和党员都有了工作压力。副乡长张淑艳打算让自己包扶的贫困党员马梅花跟着致富女能手裴志红学习养蚕技术，种桑养蚕。

开发区许多党员干部都深入基层，帮助贫困党员、致富示范户出主意、想办法。

2008年，红寺堡开发区试种500亩红葱大获成功，农民仅此一项，收益就高达200万元，为当地脱贫致富探出了新路子。

红寺堡开发区东源村农民穆成海十分高兴地说："今年在扶贫办扶持下，套种8亩红葱收入1.8万元，因为长势喜人，有的葱一根重达0.5公斤，刚上市就被菜商抢购一空。"

在2008年5月，红寺堡开发区考虑到当地农民大面积种植高酸苹果、酿酒葡萄3年没有收益的现实，通过调研走访农户，最终得出结论，在高酸苹果地里套种红葱非常可行，种植技术简单，农民认可度高。

于是，扶贫办通过多种渠道，筹措30万元帮扶资金，给东源村种植户每亩无偿提供600元种苗。

同时，扶贫办还派出科技人员，远赴甘肃靖远县学习红葱全套种植技术，在各个技术环节上对农户进行跟踪指导，结果高产纪录被刷新。

经过测产，红葱平均亩产2206.61公斤，亩获经济收入3972元，超出其他常规农作物4倍。而且，由于其抗旱耐生性，每亩灌溉用水仅270立方米，要比传统作物省水 230 立方米。

红寺堡开发区扶贫办主任孙志龙说："难能可贵的是，红寺堡种植的红葱所带泥沙少，口感好，不出村就被外地菜商抢购一空。"

红寺堡开发区工委带领广大群众，在加强生态建设的同时，鼓励农户种植经济林果和发展现代化农业，一举改变以前靠天吃饭的耕作模式。

现在，红寺堡所有自然村，都通上了油路和宽带，并率先实现了三网合一。红寺堡人民已经踏上了勤劳致富、科技致富的道路。

苦聪人过上幸福生活

在 2005 年 11 月，国家民委、云南省民委在对镇沅县苦聪人生产生活基本情况入村到户调研后，由国家民委安排 100 万元，省民委配套安排 50 万元，将镇沅县者东镇帮海村小户南自然村和和平乡丫口行政村大红毛树自然村，纳入了创建"苦聪人民族团结示范村"建设。

小户南村距乡政府 23 公里，距县城 97 公里，有 27 户 93 人，全部是苦聪人。

据 2005 年调查，人均有粮 170 公斤，人均纯收入 180 元，水、电、路"三不通"。

大红毛树村距乡政府 4 公里，距县城 78 公里，有 51 户 217 人，其中苦聪人 48 户 186 人，该村虽通路、通电、通水，但设施简陋，人均有粮 234 公斤，人均纯收 399 元。

两个自然村是镇沅县苦聪人生产生活最具代表性的苦聪人聚集村，境内山高坡陡，生产生活环境极为恶劣，加之人口素质低，人均受教育年限只有 2.5 年。

这里绝大多数人还居住在茅草房、杈杈房、闪片房和竹笆房内，生活十分贫困。

经过一年多的努力，两个"苦聪人民族团结示范村"发生了很大变化。

2007年3月，在大红毛树自然村人们可以看到，沿着用水泥铺就的平整光滑如蛛网般延伸向各家各户的进村串户路，每户人家住在了已建好配有沼气池、自来水的新居。

一个个清洁卫生的庭院，新修的厕所和猪厩，占地80多平方米，配备有桌椅、书架和篮球场的科技文化室，以及正在规划种植的150亩茶园、100亩泡核桃基地。

令人奇怪的是，每户人家都不见主人。在村里驻扎开展工作一年、苦聪人的县民族宗教局副局长吴开明解释说："村民们现在都在地里忙春耕，天黑才会回来。"

在村尾，来访者来到了农户任开元家。此时，任开元也去开挖茶地，他的父亲和媳妇正在简陋的竹篱围成的厨房里杀鸡做饭，为收工后要来家里帮助盖房的乡亲们准备晚餐，旁边一幢三开间砖混建筑的新房刚刚封顶。

听说来访者是省民委来的，任开元的媳妇脸上立即绽放开舒畅的笑容。她说，建新房的投入要花近两万元，县民族宗教局每户补助5000元，不足部分她靠贷款。

任开元的媳妇靠政府扶持，已经养了猪、鸡、牛，还要种茶、养蚕，她有信心还清贷款。

她还说，他们一家4口人，儿子去当兵，丈夫多病，公公年岁已高，劳动力很缺乏，所以他们是全村最后一家建新房的。

任开元媳妇充满感激地说："都是靠乡亲们帮忙，要不我们一家真不知道怎么办？"

为了创建好"苦聪人民族团结示范村",镇沅县民族宗教局抽调了两名副局长,他们都是苦聪人。两名副局长长期驻扎在示范村工作。

按照建设社会主义新农村和和谐社会的要求,以整村推进的形式,配套实施安居工程、农田水利、交通电力等基础设施建设,大力发展蚕桑、核桃、茶叶、畜牧等产业。

在帮扶干部的带领下,村民们齐心协力,投入到民房改造、整修公路、架电通水等项目中。

经过一年时间的努力,小户南村和大红毛树村发生了翻天覆地的变化。

现在,村容村貌变整洁了。村里人已经完全掌握了建房技术,不需要外面的师傅帮忙了。

同时,村里人发展产业的积极性也空前高涨。根据大红毛树村的自然条件,县民族宗教局制订了发展蚕桑50亩、新种核桃100亩、新开挖茶地160亩的产业发展规划。

村里人现在"我要富、我要发展"的想法更加迫切,许多农户纷纷要求再增加种植面积。

村民的生活方式,也有了很大的进步。为了让小户南村"苦聪人"接受新的生活方式,县民族宗教局从一些简单的生活习惯着手,建起洗澡室,督促村民定期洗澡。

与此同时,村民的精神面貌也大为改观。自从村科技文化室建成以后，这里成了村民们劳动之余的活动中心和办红白喜事的场所。

驻村帮扶干部还组织村民开展苦聪人传统文化娱乐活动，恢复过苦聪人的传统节日"畲葩节"。

开展"民族团结示范点"和"兴边富民示范点"创建活动，是云南省民委为做好新形势下的民族工作、探索加强民族团结和加快民族地区发展采取的新思路和新方法。

从2004年起，围绕"解决温饱、改善基础、增进团结、迈向小康"的建设目标，在全省16个州市，各选择一个民族关系协调任务较重和难点、热点问题较多的村寨，由省州、市、县三级共建示范点。

在16个示范点的辐射带动下，各州市县相继确定了各种类型示范点120个。

苦聪山寨，已经迎来了社会主义新农村建设的美好生活！

扶贫开发带来脱贫福音

2007 年 11 月初，在贵州省娄山关羊蹬镇一个赶集的日子，该镇白果村中心组 40 多岁的农民娄勇家的 12 头仔猪刚运到街上，就被抢购一空。

数着 4200 多元钱，娄勇的心里别提有多高兴了。

娄勇笑着说：

> 扶贫开发就是好哇，要不是政府无偿提供外二元母猪给我饲养，我到哪里去找这 4000 多块钱喽！

由于娄勇家所居住的棉地村山高坡陡，土地贫瘠，再加上家中劳动力缺乏，而导致贫困。

2006 年，娄勇一家 6 口人均纯收入只有 600 余元。因此，娄勇家被列入扶贫对象，政府无偿提供了一头外二元母猪给娄勇饲养。

2007 年，娄勇家饲养的外二元母猪第一次产崽，就为娄勇一家带来了 4000 多元的经济收入。就此一项，娄勇一家这年的人均收入就达到 800 多元。

羊蹬镇棉地村贫困农民娄勇养母猪增收，只是该县实施扶贫开发、惠及山区贫困农民的一个典型事例。

自 2005 年以来，全县累计投入国家财政扶贫资金近 2000 万元，在小水、芭蕉、马鬃等 20 多个乡镇 90 多个村，实施整村推进项目 450 多个，10 余万山区贫困农民享受到了扶贫开发带来的实惠。

受益农民纷纷感叹：扶贫开发为他们带来了脱贫致富的福音。

自 2005 年以来，县委、县政府紧紧围绕改善贫困地区农民基本生产生活条件，提高农村贫困地区劳动者基本素质，拓宽农民增收渠道的"造血"扶贫思路，严格按照"一体两翼"，即以整村推进项目为载体，以贫困地区农村劳动力转移培训、产业扶贫为两翼的扶贫开发攻坚战，在全县广大贫困农村全面打响。

该县坚持以"引导农民发展产业、带动农民脱贫致富"的原则，积极引导扶贫项目村农民，进行产业结构调整、推进扶贫产业化建设。

去年在坡渡镇高粱、容光乡联龙等村发展以板栗、核桃为主的优质经果林 1190 亩；在羊蹬镇苦楝、芭蕉乡李家沟等 28 个村推广脱毒洋芋 2800 亩，推广新型肥料"通丰营养液" 2 万亩；向羊蹬镇白果、马鬃、龙台、凤水、建兴等 20 余个村发放外二元母猪 300 头，优质种羊 950 只，共帮助 1250 户像娄勇一样的贫困户实现短期脱贫，户均年增收 3000 多元。

扶贫项目的实施，让一直生活在基础设施差、生活条件落后的贫困地区的农民，充分感受到党和政府的温暖，看到了脱贫致富的希望，投身项目建设的积极性也空前高涨。

羊蹬镇棉地村时年59岁的农民刘庆贵，在30多年前，他的妻子撒手人寰。儿子儿媳在外打工，留下了两个还未上学的孩子在家。

该村扶贫公路开工建设以来，刘庆贵把孩子托付给邻居照看，自己则每天早早地来到工地劳动，有两次患重感冒，也没耽误过一天。

娄山关县还投入资金近10万元，在11个村建设综合服务室11间1800平方米，结束了这些贫困村无固定办公地点的历史。

农办主任令狐克平概括桐梓的扶贫开发成效：

一是扶贫开发成了农村基础设施建设的主战场；

二是扶贫开发促进了贫困山区产业结构的调整和生产水平的提高；

三是扶贫开发成了农民增收的主渠道之一；

四是扶贫开发不仅推进了贫困地区经济发展，同时还推进了贫困山区党建工作。

扶贫开发，让更多的人感受到了党和政府的惠民政策的巨大威力。

综合开发模式促脱贫

云南省保山市隆阳区结合少数民族贫困地区的实际情况，创新扶贫模式，实施"3+2"扶贫综合开发措施，促进了山区群众的脱贫致富。

苗兴周是瓦马乡牛湾丹村的村民。苗兴周说："我去年养了6头新品种肥猪，按800元一头来算可收入4800块钱，今年还打算卖4头肥猪，比养老品种猪收入高多了。"

隆阳区的杨柳、瓦房、瓦马3个少数民族乡，是保山市最贫困的地区之一，产业结构单一。

从2004年开始，隆阳区每年投入1000多万元资金，大力实施了以"近抓粮食解决温饱、中抓畜牧增加收入、远抓核桃稳定脱贫"，以及"加强基础设施建设、加快社会事业发展"为主要内容的"3+2"扶贫综合开发的模式。

隆阳区有关部门从调整种养殖结构入手，组织科技人员对农户进行科学种养殖培训，帮助群众引进优良的种猪、高产苞谷等新品种，更新效益低的老品种。

为鼓励群众种植高产苞谷这样的新品种，政府还补助种子、肥料和地膜，实行职能部门分片挂牌负责制，技术人员从播种到收获都长期驻扎在村里，指导农户种植，把"科技人员进村、农业科技到田"的工作制度，切实地落实到了千家万户。

桑明凤说："以前种老品种苞谷产量低，我们自己都不够吃，现在政府让我们种新品种苞谷，产量增加了2500公斤，收入增加了2000多块钱。"

扶贫开发工程实施以来，隆阳区的3个乡8300人的贫困问题得到了有效的解决。

农户家里有了沼气池、卫生厕、节能灶，村里还建起了文化中心、卫生院、村级卫生室，基础设施建设和文化事业得到了很好改善，村民的人均收入从799元提高到了1102元。

隆阳区也因扶贫工作显著，获得了2006年度"全省扶贫先进集体奖。"

隆阳区委书记刘一丹说："2007年，我们将完成10万亩苞谷种植，2007年底畜牧开始大见成效。从2008年开始，核桃开始挂果，到2010年以后，核桃就一年一年地增加产量。到2010年，通过'3+2'扶贫开发措施的实施，人均纯收入能达到2000块钱。"

计划和目标的确定，都是建立在可行性的基础之上的。脱贫致富不是梦，而是实实在在的现实。

扶贫首先要更新观念

杨萍是内蒙古包头市固阳县金山镇万胜壕村的农民。在杨萍所居住的地方都是坡地,村里没有一亩水浇地。"十年九旱,靠天吃饭,种一坡,拉一车,打一笸箩,煮一锅"。每年人均收入不到1000元,村民们的生活很艰苦。

村民们住的都是土房,道路坑坑洼洼的。地里收下点东西都拉不出去,特别是住在小山沟里、半山坡上的村民,连吃水、出行都成问题。

但是,自从内蒙古自治区政府对固阳县实施扶贫开发以来,村里发生了很大的变化。村民们的生活变得好了,大家从心里感到高兴。

在实施扶贫开发之后,政府首先考虑的是解决村民的住房问题。扶贫办投资780万元,建起了170栋新房,价值4万多元的新房,村民们只需花5000元就能住了。全村90%多的村民都已住上了新房。

在村民们住上新房的同时,政府又为村民考虑生产生活问题。县水利局投资300多万元,帮助村里建起了一座洪水淤地坝,让这个坝蓄住天上水,集中地下水,实现了保灌400多亩。

同时,政府又打了十多眼围套井,增加了300亩水浇地,就这两项工程,使村民们户均增加一亩半水浇地,每户村民每年可以增加收入1000多元。

县里出台禁牧政策以后，村里的养羊户感到很头痛，他们说："咱们的羊怎么办？"

就在养羊户发愁之际，县扶贫办帮他们引进了内蒙古赛阳种羊基地和绿丰农业科技园区。

赛阳种羊基地，每年以低于市场价一半的价格，为村里的养羊户提供5只种羊，并免费培训相关的饲养技术，还帮助协调县农牧局建起了部分棚圈，使养羊户每年能增收两三千元。

万胜壕村的养猪户毛永平原来也懂点养猪技术，养了30头猪，收益还可以。在全村来说，是个大户。

但是，由于毛永平没有资金，一直没有得到更大的发展。自己住的是土房，养的30头猪也是土圈。

县扶贫办在得知这一消息后，主动帮助联系了市扶贫办和市农牧局，给毛永平解决了5万元的帮扶资金和6万元的低息贷款，帮助建起了两栋猪舍。

毛永平的年收入已达到10万元左右，一下子改变了贫穷的面貌。

村里人看到毛永平这样发展，政府又这么支持，在2008年又被带动起了3户养猪大户。

万胜壕村的杨伟，扶贫办帮助他协调了50万元的低息贷款。杨伟在自己承包的土地上，盖起了36栋温室大棚，搞蔬菜种植、花卉种植和养殖业。

2008年，在政府的引导和扶持下，杨伟在温室内开办了农家绿色生态餐饮业，每月能收入1万多元，很快成了全村的致富带头人。

在杨伟的带动下，村里有13户村民也相继办起了"农家乐"餐饮业，每户每年至少能增加收入3万多元。

自2008年以来，包头市又出台了"举全市之力，集中帮扶固阳"的好政策，这给万胜壕村带来了更多的好事。

包头市正北食品企业帮扶该村50户村民建起了沼气池，使全村三分之一的村民用上了干净、方便的新能源。

市银监局和各大银行捐资28万元，帮助村里建起了1600平方米的生态休闲广场；市人事局帮扶硬化了广场、戏台、篮球场，丰富了村民们的业余文化生活。

由于生活环境变好了，周边的很多农户都争着要来万胜壕新村。

于是，县里就实施了"合小村、并大村、整合大村庄"的项目，在万胜壕新村再盖200套新房，把全县最偏僻、最贫困的农民，都集中搬迁到这里来。

杨萍感慨地说：

是扶贫开发，让我们村的村民更新了观念，解放了思想，是扶贫开发使我们摆脱了贫困，走上了致富的道路。

现在我们都觉得生活有了奔头，有了希望！

扶贫事业加快老区致富

在山西省革命老区左权县的晴岚移民新村,人们可以看到这样的景象:

村口是一溜两层的商住一体新房,村后是百亩连片的河滩造地,商住房里小餐馆、小修理、小运输红红火火。

滩地上番茄、南瓜等蔬菜郁郁葱葱,为农民带来的收入逐年增加。

村民霍鲜萍说:"从山沟里搬过来两三年了,日子越来越好,去年俺家5口人,收入上了万元。"

事实说明,在山西省扶贫开发办的大力扶助下,老区人民已加快了脱贫步伐,逐步走上了发家致富的快车道。

山西革命老区是全国抗日根据地,老区人民曾在抗战岁月中为中国革命事业写下了光辉的一页。

在山西省57个贫困县中,革命老区县就有41个,占到72%;332万贫困人口中,70%以上分布在革命老区。

多年来,改善老区人民的生产生活条件,一直是全省扶贫开发事业关注的重点。

省扶贫开发领导小组办公室负责人刘昆明说:"近两年,全省70%的扶贫资金主要投向革命老区县,平均每年用于老区脱贫的资金在两亿元以上。"

扶贫资金的重点扶持,使贫困革命老区县的扶贫移民、整村推进和劳动力转移培训工作稳步推进。

从2003年至2005年,全省完成了14个县的18个老区村的扶贫移民任务,使1525人搬出大山,住进了崭新的新房。

在整村推进扶贫开发过程中,省扶贫办结合老区县域经济发展和当地的实际,开发当地主导优势产业,引导农民大力发展种养业,帮助老区人民尽快地脱贫致富。

针对全省在抗日战争时期作出过突出贡献的140个村,在2004年至2005年一年中,就对其中13个贫困村的8700人进行了重点扶持。

与此同时,扶贫开发通过培训贫困老区青年农民,增加了外出务工就业的能力。

隰县义泉村,是当年八路军战斗过的地方。在2003年,全村186口人告别了闭塞的大山,搬进了扶贫移民新村。

在这里,扶贫事业为他们建起了卫生所、学校,并发展了主导产业,先后投入资金达140万元,使村民生产生活条件大大改善。

胡玉花是该县南村镇磨其洼村人,家里有着光荣的革命传统。她一家4口人,原来在村里种着几十亩坡地,靠天吃饭，只能解决温饱。

2004年以来，胡玉花在该县扶贫龙头企业广宽农产品公司上班，年收入达到8000元。

同时，再加上胡玉花与公司订单种植的5亩向日葵，全家收入超过了万元。

在左权县，像胡玉花这样边务工边务农的老区姐妹已经有上千人。

现在，老区人民的日子是越过越红火了。

促进农民脱贫三级跳

2009年7月31日上午，时年38岁的农民莫德勒图指着羊舍里180多只雪白的绒山羊高兴地说：

今年光养羊这一项，我就能收入3万多元，比3年前全年收入多了好几倍。

村里人都说我这是脱贫致富"三级跳"，这都靠国家的好政策啊！

莫德勒图一家，在几年前还是库伦旗白音花镇牌楼嘎查有名的贫困户。

在2006年，库伦旗扶贫办实施整村推进工程，为牌楼嘎查的40个贫困户投放了360只基础母羊，扶持他们发展舍饲养羊。

莫德勒图说："当时给我家分了9只，旗农牧业局还派技术员指导饲养方法，我觉得这个机会太好了，所以我东挪西借了几千元钱，又买了21只同种绒山羊，总共养了30只。"

虽然背负着沉重的债务，但是莫德勒图仍旧满怀信心。莫德勒图认认真真地跟库伦旗农牧业局派出的上门服务的技术员学习饲养技术。

莫德勒图说："这种羊必须定时定量喂养，还要给它们多喝水。这草料槽和饮水槽都是固定的，能保证饲料和饮水的卫生。舍饲的喂养方式不但能保护环境，还能提高羊绒的产量和质量。"

现在，莫德勒图已经在几年的摸索过程中，掌握了一整套饲养绒山羊的基本方法。

莫德勒图饲养的绒山羊出绒多，绒质好，市场价格高，辽宁的客商都主动上门来收购。

憨厚的莫德勒图十分高兴地说：

> 2007年，我卖羊绒收入了5000多元，还清了借款。2008年收入了8000多元，今年上半年就超过一万元了，到年底加上出售整羊的收入，应该能超过3万元。

到2009年，莫德勒图的绒山羊已经发展到了180多只，还有二十几只年底产羔。

莫德勒图家还种了20亩玉米，饲料供应基本实现自给自足。莫德勒图还在自家的院里盖起了7间标准化棚舍和150立方米的青贮窖池。

曾经的贫困户，而今走上了科学养羊、规模养羊的致富之路。

搬迁农民开始脱贫致富

引导生存条件恶劣地区的贫困农民向山下转移，已成为许多地方脱贫工作的有效途径和手段。

浙江省武义县从1994年开始，率先在全省实施高山深山农民移民搬迁工程，使大批山区农民走出了深山。

上潘新村原处武义县最南山区，全村85户，288人，条件最差，收入最低，当时人均年收入不足400元。在1999年，全村人下山。

2005年，全村人均收入达8000元，与山上比，收入高出20多倍。在2006年，全村人均收入接近1万元。

原来在山上，村里自行车都没有一辆，现在村里已有汽车两辆、摩托车几十辆。

俞源乡新九龙山村，原坐落于海拔1041米的高山中，全村68户人家，189人。下山前，人均年收入380元左右。

自从搬迁下山后，全村全年的粮食总产量从1996年的3万公斤，增加到了9万多公斤。人均年收入2000年达到1478元，2005年达到4000多元，2006年将近5000元。

在山上居住的时候，电风扇、摩托车等现代化生活用品都没有。下山后，这些居民已有汽车3辆，60%的家庭有了摩托车,电冰箱也有了,每家还安装了电话。

当初的光棍汉,大都已经娶了媳妇。

王宅镇紫溪村原来居住在海拔917米的高山上,全村没有一幢砖瓦结构的楼房,村民开门见山,出门爬岭,一切生产生活资料都得靠肩挑背驮。

全村集体搬迁下山后,村民们有的买车跑运输,有的利用当地毛竹资源办加工厂,有的发展经济特产,有的到邻村承包茶园办茶厂。

全村一半的人口,在城镇企业打工。在3年的时间里,村里家家户户都盖起了新楼房。

通过从山顶向山脚搬迁,自然村向行政村搬迁,向沿路、沿集镇、沿工业园区搬迁下山后,基本实现了"电通、水通、路平",村村通电、通自来水、通公路、通程控电话、通有线电视。

"出门行路难、儿童上学难、青年娶亲难、有病就医难、邮电通讯难、用水用电难、发展经济难"等"七大难",基本得到了解决,生产生活条件从根本上得以改善。

同时,下山后也改善了原来地方闭塞、开发无资源、发展无余地的局面,相对优越的自然、交通等条件,给下山群众提供了良好的发展空间。

2005年,下山脱贫村农民人均纯收入4160元,比在山上多出10倍以上,比平原地区欠发达乡镇农民高42%。

山上500年生产生活一成不变,下山后才三五年就发生了翻天覆地的变化。

实施下山脱贫还给武义县经济社会发展带来了多方面的综合效应：

> 一是彻底改变了山民的生存环境；二是提高了山区农民的素质；三是推进了城乡融合；四是有效地保护了山区的生态环境；五是丰富了武义新精神的内容。

对于山区农民来说，下山搬迁不仅仅是地理环境的改变，更是接受和融入现代文明、现代社会的一次洗礼和变化。

在新建家园的压力下，在与外界的交流、融合中，他们被激发出了极大的拼搏精神和创业斗志，传统的小农思想发生了质的变化，"山里人"传统生活方式的束缚逐步被摆脱。

搬迁下山后，经济发展环境得到优化，离集镇近了、信息灵了；离工厂近了，就业机会多了，致富门路也变宽了。

同时，村民搬迁后，建房、购置家电家具交通工具等生活用品，使搬迁户形成了一定程度的负债压力，也迫使农民改变了"量入为出""无债一身轻"的传统观念，促进他们想方设法地参与市场，树立市场意识，从山头、田头、栏头转向码头、街头，依靠经商、办厂、打工等来赚钱。

农民下山后的脱贫致富，有多种途径。一是外出打工。全县下山脱贫的农民中，有60%就近务工或外出打工。搬迁下山的金阳村，有90%以上的劳动力进厂打工，年人均工资达8000多元。

其次是发展第三产业。不少下山农民通过开饭店、跑运输、办超市，很快走上了致富路。

三港、西联、坦洪等偏远山区的下山农民，在长三角地区闯市场，还开出了2000余家"武义超市"，吸纳了7000多名武义下山农民。

农民廖春飞在下山前穷得叮当响，下山后，廖春飞种过水稻、蔬菜，做过生意，跑过运输，后来又帮人搞建筑装潢，年收入超过10万元，家里还买了小车。

廖春飞说：

以前困在山里，哪里会知道有那么多创业门道。下了山，世界大了，眼界宽了，思路也活了，不富才怪哩！

致富的途径还有来料加工。不少年纪较大的、没有一技之长的下山农民，主要是通过承接来料加工就业增收。

县里通过与毗邻的金华、义乌、永康等的协作，大力发展来料加工业。

同时，还有承包田地、集中经营的致富途径。一些年纪稍大且有种植经验的农民，承包本村甚至外村的荒芜闲置的土地，进行集中经营，种植经济作物，取得了较好的收益。

上潘新村的村支书邱舍林，夫妻俩就承包了38亩田地，种植毛芋、玉米、甘蔗、柑橘等经济作物，一年收益就有六七万元。

从山上搬迁到山下的扶贫策略，让村民真正尝到了收获的喜悦。

扶贫鸭成为致富金凤凰

2006年,河北省武强县常村村民常世放建起了两个饲养大棚,每个周期养鸭2000只,一年循环养5批,年收入1.8万元。

收入的增加,不仅解决了常世放两个孩子的学费问题,而且还改善了他家的生产生活条件。

而今,在武强县,像常世放这样的养鸭致富的农户越来越多,"扶贫鸭"已经成为当地农民脱贫致富的"金凤凰"。

武强县根据当地气候适宜、饲料充足、群众有养殖经验和习惯的实际情况,将肉鸭养殖列为扶贫开发试点重点扶持。

县有关部门制定了《武强县亿只肉鸭养殖发展规划》,规定每户养千只肉鸭,支持周转金3000元。

建棚资金每平方米补贴20元,并对不超过两万元的小额贷款,给予5厘利息补贴。

县有关部门还通过多种形式,大力宣传肉鸭产业发展前景、扶持政策,以及当地靠肉鸭养殖发家致富的典型。

当地农户经过算账对比后,激发出了养殖肉鸭的积极性。

县扶贫办、畜牧局定期组织肉鸭技术人员进村入户传授科学养殖技术，有力地提高了农户养鸭的成活率和出栏率。

在政府部门的协调下，农民通过"滚动投、股份筹、财政扶、招商引"等方式，启动了大量的民间资本，实现了投资主体的多元化。

截至2007年，已建成孙庄、北代、豆村3个肉鸭养殖集中区，5万只以上的养殖小区达20个，年饲养量5000只以上的规模养殖户达到了240户。

为了进一步提高养殖户抵御市场风险的能力，切实增加农民养殖的收益，武强县把加快农业产业化龙头企业建设、延伸产业链条，作为加快肉鸭产业发展的动力源。

在扶持衡水馨康特种养殖公司做大做强的同时，通过政策引导，吸引民间资本和外商资金，先后建成种鸭养殖基地6个，饲料加工厂4个，种鸭存栏达到3万只，肉鸭年出栏达到300万只。

在2008年，武强县又着手建设衡水绿源鸭业等3个投资1000万元的肉鸭屠宰加工厂。

加工厂建成后，年屠宰能力将达到1000万只，将初步形成饲料加工和肉鸭繁育、养殖、屠宰的完整产业链条。

全国扶贫龙头企业馨康特种养殖公司，在建有养鸭场的基础上，先后建成了屠宰、孵化、饲料加工3个分厂，年产肉鸭冷冻品 1200 吨，熟食制品 800 吨。

该县依托该公司，采取"公司+基地+农户"的肉鸭养殖发展模式，将扶贫周转金直接拨给企业，由企业给农户提供贷款担保、发放鸭苗和供应饲料，并负责回收成品鸭。

两年一轮换，第三年将扶贫资金支持下一个农户。该公司先后与 1500 个农户签订了养殖合同，有近千个农户已踏上了脱贫致富之路。

波尔山羊承载科技扶贫任务

贵州省晴隆县江满村的村民怎么也没有想到，改变他们村子、改变他们生活，甚至改变他们思维的，竟然是羊，一种叫作波尔的山羊。

过去的江满村，是晴隆县最为贫困的村子，年人均收入仅550元。

村里人永远也不会忘记，从前茅草房漏雨的苦闷，做临时工时的辛酸，甚至靠捡废品维持生活的痛楚。

而今，走进江满村，一坡又一坡的青草相连，望不到尽头。

羊群在草地上撒欢，不时有骑着红色摩托车的人追赶着离群的羊。

仿佛是一夜之间，一切都突然改变了：

通过实施种草养羊的科技扶贫项目，江满村的农民年人均收入达3100元，一跃成为晴隆县收入最高的地方。

2001年，晴隆开始实施波尔山羊科技扶贫项目。全县14个乡镇68个村、9600多户贫困户、4万多人种草养畜，发展人工草场15.9万亩，羊存栏11.8万只。

深山里的商品羊走向了北京、上海、广州、香港，以及沿海省市的广阔市场。

2006年6月21日至22日，国务院扶贫办和中央智力支边协调小组，联合在晴隆召开科技扶贫现场经验交流会。

国务院扶贫办主任刘坚说：

晴隆发展草地畜牧业的实践，成功探索出贫困山区农民脱贫致富的有效途径，探索了西南山区农业产业结构调整的成功之路，还探索了农村合作经济组织的有效形式，是西南地区新农村建设的成功实践，具有示范和借鉴意义，有推广价值。

2006年，贵州省的扶贫开发工作围绕年初省委、省政府提出的减少10万绝对贫困人口、10万低收入贫困人口的目标，突出建设社会主义新农村这一主题，坚持开发式扶贫的基本方针。

与此同时，按照"三种扶持方式"进行分类指导，努力解决"三个基本问题"，切实抓好"百乡千村"扶贫工程、劳动力转移培训工程、产业化扶贫3项重点工作，使新阶段的扶贫开发工作取得了突破性发展。

陈云莲带领农民致富

陈云莲是吉林省榆树市太安乡的一位普通农民,人送绰号"陈辣椒""陈调度""陈民政"。

陈云莲现任吉林省双联经贸有限责任公司总经理、通榆县兴隆山镇省妇联扶贫开发基地主任。

从一位普通农民,到一名优秀共产党员、党的十五大代表,陈云莲始终没歇脚、没松劲儿,人走到哪里三个"外号"就响到哪里。

陈云莲在带领群众共同致富的道路上,发挥了新作用,成为践行"三个代表"的典范。

在吉林省第八次党代表会上,陈云莲当选为党的十六大代表。

陈云莲说:

> 党员只有具备群众看得见、摸得着、信得过的经济实力和人格魅力,才会产生强大的凝聚力和感召力,才会把群众靠党求富的向心力,变成发展经济的生产力,成为有实力的龙头。

1995年,陈云莲投资40多万元,成立了榆树市云莲辣椒公司,建起占地两万平方米、共24栋的日光节能温室。

公司加农户的形式，带动8个乡镇4000多农户种辣椒，获得了可观的经济效益。

1998年，陈云莲又投资300万元，创办了吉林省双联经贸有限责任公司，生产速冻甜玉米。

当年在党的十五大上，第一个晚会就安排了电影《喜莲》。影片中那个喜莲，就是以陈云莲为原型的。

《喜莲》是妇联培养教育陈云莲的结晶，是陈云莲和妇联形象最好的代表。

于是，陈云莲的速冻甜玉米打出了"喜莲"的品牌，销路很好。

许多农民找上门来，要求种甜玉米。现已带动当地农民200多户，种植面积近70公顷。

"喜莲"牌速冻甜玉米，先后参加了全国农村妇女"双学双比"10年成果展、西安经贸展销会、上海农副产品洽谈会和长春农博会，深受客商的好评。

由于陈云莲发挥了党员在市场经济中的带动作用，使成千上万的群众增加了收入。

陈云莲也因此成为全国农家女事迹报告团一员。

1999年，陈云莲又光荣地参加了全国妇女"双学双比"10年总结表彰大会，被评为全国十大农民女状元。

而"陈调度"的绰号，则是因卖辣椒而起。

1999年，洮南市有个村干部找到陈云莲，说他们那儿的群众，要跟她学种辣椒，但要求陈云莲必须签回收合同。

这事儿给了陈云莲很大的启发。陈云莲寻思着,农民上项目、搞投入,最担心的就是市场问题,而购销合同就是市场。如果手里有了市场,那么调度工作就好做了。

经多方联系,陈云莲最终与长春市衫宝公司签订了红辣椒销售合同。

这样一来,乡亲们种辣椒的积极性更高了。在第一年,就种了20多公顷。

陈云莲还是个热心人,屯子里、社会上谁有困难,陈云莲都帮忙。因此,人们亲切地称陈云莲为"陈民政"。

在帮贫济困的过程中,陈云莲越来越深切地感受到贫困群众表面上是经济贫困,实质上是脑袋贫困。要使他们脱贫致富,不仅要帮钱物,更重要的是帮技术。

前者解决的是一时一事,而后者解决的是一生一世。

为了当好技术民政,适应"三个代表"的要求,几年来,陈云莲不仅在家里办学习班,而且还经常到外地义务讲技术。

1999年,省妇联聘请陈云莲为通榆县兴隆山镇妇联开发基地负责人,陈云莲欣然赴命。

陈云莲说:

共产党员的责任没有边界,为人民服务不

分地方。

陈云莲兢兢业业，带领当地农民搞水田开发、种牧草、种树、打井、养牛，基地已初具规模。

为发挥基地的扶贫开发作用，陈云莲投资20多万元，指导当地农民试种红干椒，收成好，效益大。

2000年10月，陈云莲被评为全国农村十佳优秀人才。在北京召开的表彰大会上，陈云莲的"三个外号"给与会者留下了深刻的印象。

在会间休息时，国家人事部部长张学忠找到陈云莲说："感谢你给我们上了一堂生动的党课，同时也请陈民政帮我们解决一个问题。人事部在北京市大兴县有个副食品基地，准备进一步开发建设，但一直没有合适的人选。听了你的事迹报告，觉得你来最合适。"

就这样，陈云莲应聘去该基地负责开发管理。结果，基地在她的管理之下，取得了非常好的业绩。

本书主要参考资料

《扶贫开发形势和政策》范小建主编 中国财政经济出版社

《中国扶贫开发案例选编》张磊主编 中国财政经济出版社

《宁夏扶贫开发工作实践与研究》郭占元著 宁夏人民出版社

《新阶段扶贫开发的探索与实践》刘坚主编 中国财政经济出版社

《中国农村扶贫开发概要》国务院扶贫开发领导小组办公室编 中国财政经济出版社

《挑战贫困宁夏农村扶贫开发20年回顾与展望》吴海鹰 李文录 杜正彬主编 宁夏人民出版社

《农村扶贫开发资料摘编》成都市农业委员会编写 成都时代出版社